# 슬픔은 쓸수록 작아진다

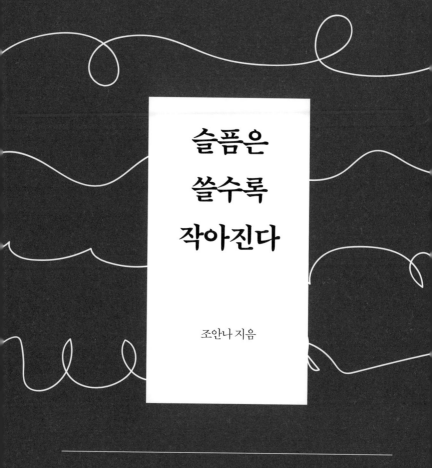

# 슬픔은 쓸수록 작아진다

조안나 지음

쓰다 보면 쓸쓸한 하루도 쓸 만해진다

지금이책

# 글 쓸 시간을 달라고 부탁했다

남편에게 부탁했다. 딱 한 시간만 글 쓸 시간을 달라고……. 매일 나 혼자 보는 일기장에만 쓰는 것이 아쉬워 블로그 포스팅을 꼭 하고 싶었다. 내가 쓴 네 번째 책이자 첫 미술에세이 《그림이 있어 괜찮은 하루》의 최종 편집원고를 교정 보고 모두 새로 쓰고 싶은 마음을 억누르느라 꽤 애를 썼다. 그 어떤 책보다 오래 그림을 보고 객관적인 자료를 참고하고 나만의 목소리를 내려고 노력했는데, 왠지 이 책의 끝이 너무 아쉽다. 자꾸 더 보태고 싶은데 더 보탤 수 없다는 걸 안다. 이제 내 손을 떠나야 한다. 그래야 나도, 책도 앞으로 나아갈 수 있다.

먹을 것에 미친 한국(넘쳐나는 배달음식, 전 세계에서 아이디어를 따온 빵, 마트에 널린 반조리식품과 밀키트, 종류를 가늠할 수 없는 냉동식품, 한 집 건너 또 있는 힙한 카페들……)에 일 년 만에 와서 정말 먹기만 한 것 같다. 5개월 된 아기를 데려왔으니 당연히 내가 갈 수 있는 곳과 홀로 외출할 수 있는 시간은 제한적이다. 그럼에도 서점과 미술관을 많이 가려고 했다. 한국에서의 한 달이란 시간이 4년째 살고 있는 미국에서와 달리 휙 날아가버렸다. 매일이, 매 순간이 아쉬워서 계속 눈을 뜨고 지내고 싶은 날들이다. 아, 하와이도 갔다 올 수 있는 돈으로 한국에 여행 오길 잘한 것 같다.

한국에 놓고 갔던 아니 에르노의 《칼 같은 글쓰기》를 다시 꺼내 읽으며 새롭게 출간 계약을 한 글쓰기 책에 대해 생각한다. 미루고 미뤄온 치과도 다녀오고, 배불리 대게도 먹고, 남편과 시어머니가 아이를 봐주고 있는 이 황금 같은 저녁 시간. "내게 글쓰기란 철저하게 아무것도 사용하지 않으면서 삶의 즐거움보다 우월한 어떤 즐거움을 나 자신과 다른 사람들에게 제공하는, 아름답고 새로운 어떤 것을 만드는 것을 의미"한다고 말하는 에르노의 말에 전적으로 동

의한다. 그 어떤 것보다 아름답고 새로운 것을 발견하게 해주는 글쓰기에 중독된 지 벌써 17년이란 시간이 지났다. 스무 살 이후로 책과 관련된 일을 계속하며 인생을 살고 있다. 그러니 나의 성실성과 즐거움은 모두 글쓰기와 맞닿아 있다. 어떨 땐 나와 가장 가깝게, 어떨 땐 나와 가장 멀리 떨어져서 나를 지켜보는 이가 바로 '글쓰기'이다. 책을 읽으면 언제나 글쓰기로 이어지고, 글은 또 다른 책을 불러온다. 이 모든 활동이 수익 창출로 이어지는 건 아니지만, 한번 글쓰기에 중독된 사람은 돈만큼이나 그것이 주는 기쁨과 슬픔을 높이 산다.

전과 다른 종류의 기쁨과 슬픔을 아이를 통해 느낀다. 느끼는 바가 다르니 내가 읽고자 하는 책의 결도 다르고, 기존에 읽었던 책도 다르게 다가온다. 내가 쓰던 말들의 어미가 완전히 달라진 기분이 든다. 타인의 삶이 내 속으로 깊숙이 들어와 불과 일 년 전의 나를 기억조차 못하게 만든다. 책 대신 그림을 이야기하며 마주했던 벽이 자꾸 바라보다 보니 친숙하게 느껴진다. 이제 독서가 아닌 글쓰기에 대한 이야기를 해볼까 한다. '이 책에서 저 글로 가는 길'을 쉽게 안내하는 글이 될 것이다. 아니 에르노처럼 일기에서 책의 소재를 찾지 않을 자신은 없지만 새벽 3시가 됐든 5시가 됐든 무조건 일어나 쓴다는 것이 나의 목표다. 아이는 모든 일의 장애물이 아니라 오히려 창작의 동기가 될 수 있다는 걸 나는 믿는다. 매일 나는 아이와 새로 태어난다. 아니 에르노처럼 글쓰기는 "어떤 새로운 형태에 대한 탐구이지 결코 복제가 아니라는 확신"이 그 어느 때보다 강력하게 든다.

# 목차

## 1

## 글로 채우는 일상

### : 나의 행복 뒤에는 언제나 글쓰기가 있었다

## 2

## 매일 밤 책상으로 출근하는 문장 노동자

### : 낮을 잘 보내야 밤은 내 편이 된다

• 일러두기

단행본, 잡지, 신문 명은 《 》, 영화나 노래, 방송물의 제목은 〈 〉로 묶었다.

# 글로 채우는 일상

**나의 행복 뒤에는 언제나 글쓰기가 있었다**

# 일단, 의자에 앉는다

그녀가 깨기 전에 어서 할 수 있는 일들을 해야 한다. 태어난 지 7개월이 되어가는 나의 딸을 앞으로 '그녀'라 칭하겠다. (그녀는 2019년 1월 3일 미국의 외딴 동네에서 태어났다.) 평온해서 지루하다 못해 큰 사건이 닥치기를 바랐던 지난 2년간의 나에게 하늘이 준 커다란 선물은 이제 일상을 지배하고 나의 독서와 글쓰기 생활마저 마비시켰다. 그러니 시간의 빈틈을 활용해 나의 인생이 읽기만큼 '쓰기'로 인해 얼마나 고통에 유연해졌는지 하나씩 풀어볼까 한다. '쓰기'를 통해 사고 싶은 걸 사는 데 필요한 돈을 벌었고, 다양한 사람을 만났고, 책을 냈고, 지금도 내가 살아 있다고 믿게 하는 강력한 매개체를 얻게 되었다. '쓰기'가 만들어낸 일상은 그 어떤 것보다 빛났다. 그것이 밝든 어둡든 간에 모두 다 끌어안게 된다.

출판사에서 일할 때는 정말 많은 종류의 글을 읽었다. 아침마다 내 메일함을 가득 채웠던 여러 서점의 광고 메일과 고도원의 아침 편지, 같은 출판사의 임프린트에서 나온 신간 보도자료와 각종 홍보 문구들, 전날까지 진행했던 편집원고의 저자 피드백, 유학 간 친구의 편지, 지난 블로그 포스트 덧글, 시시각각 올라오던 트위터 새 멘션들을 떠올려 본다. 그날의 업무일지를 쓰는 걸로 하루의 글쓰기를 시작했다. 왠지 업무도 나만의 문장으로 풀어놓으면 밥벌이 수단으로 보이지 않아 좋았다. 가령, 국내서 ○○○ 작가의 원고가 몇 주째 같은 주제로 반복되고 있어서 기분 나쁘지 않은 문장으로 작가에게 수정을 요구한다. "작가님, 요즘 어떤 요리에 빠져 계신가요? 이번엔 그 요리 과정을 글로 써보는 것도 나쁘지 않을 것 같아요. 재료 손질과 조리 과정을 생생하게 묘사하다 보면 계속 안 풀린다고 하셨던 부분이 뻥! 뚫릴지도 몰라요." 작가들에게 집필 가이드라인을 주듯 업무일지를 정리해두면 주간 회의할 때도 유용하게 재활용할 수 있다.

　매일 한 권씩 책을 읽었던 시절엔 일기장이 그날 읽은 책의 이야기로 가득했다. 그때그때 저장해두었던 문장을 바탕으로 글을 풀어나가면 천 개의 공감을 얻는 글도 한 시간 만에 뚝딱! 쓸 수 있었다. 매일같이 블로그에 열심히 남겼던 글들이 인연이 되어 쉬지 않고 글을 쓰고 원고료를 받게 했다. 이 모든 것은 책상에 앉는 일부터 시작된다. 일단 앉는다. 키보드에 손을 얹기 전에 일기장을 펴서 오늘의 날짜를 적는다. 첫 문장을 적는다. 그러면 무엇이든지 글이 된다. 지금은 모든 칼럼을 반강제로 쉬고 있지만, 기회는 내가 만들어갈 수 있다고 믿는다. 혼이 빠질 정도로 육아, 집안일, 단순노동을 하다 보니 시간이 턱없이 부족하지만 일단 앉아서 쓰면 문이 열리는 게 보인다. 그 문을 열고 들어가는 나의 발걸음이 당당하다. 날것이 가득한 글을 쓴 찰스 부코스키는 이렇게 말했다. "작가란 모든 것에 손댈 수 있도록 허락을 받아야 해요." 창작은 제한 아래선 견딜 수 없고, 처음부터 문학적이기를 포기한 나에게 창작은 손댈 수 있는 모든 것으로부터 온다. 이 얼마나 큰 자유인가.

정말로 '프로' 작가가 되고 싶지 않다고 말하는 찰스 부코스키의 《글쓰기에 대하여》는 그가 쓴 여러 서간문을 모은 책이다. 밑바닥 생활을 벗어나지 못했지만 쓰고 싶은 것만 쓰고 살았던 그의 창작론은 매일 한 편씩 읽기에 가볍고 웃기고 처절해서 좋다. 글쓰기를 '무척 힘든 판매 행위'라 부르고 돈이 들어오는 걸 보는 게 영혼에 좋다고 당당히 말하는 작가라 공감이 간다. 입금되면 내 보도자료의 질은 기적처럼 좋아진다. 그런 점에서 지금 주로 작업하는 출판사의 빠른 정산 시스템을 사랑하고 사랑한다. 이 책에서 패러디하고 싶은 문장들을 자주 발견하곤 하는데, 오늘은 이 문장이 보였다. "좋은 남자는 자기 물건을 빨지 않죠." 그렇다. 좋은 글은 스스로 좋다고 뽐내지 않는다.

# 오직 자기 자신을 위해 쓰는 글

"거리를 두면 모든 것이 변한다. 외적인 거리가 내적인 거리를 만들어내는 것이다……. 작은 장소에 묶여 있는 사람은 작은 근심에 빠진다……. 가까이 있는 것이 멀리 있는 것보다 더 많은 근심을 만들어내고, 우리가 작은 척도로 움직일수록 작은 것이 더 많은 근심을 만들어낸다."

―슈테판 츠바이크, 《위로하는 정신》

서울에서 살던 집을 떠나오면서 생각했다. 이 모든 시끄러움으로부터 벗어나서 행복하다고. 더 많은 것을 경험하고 전혀 다른 사람들을 만나서 더 많은 글을 쓰자고. 그러나 이곳에서의 생활이 익숙해지니 오히려 한국에서 익숙했던

슬픔은 쓸수록 작아진다

것들이 전혀 다르게 다가온다. 걸어서 쉽게 타러갈 수 있었던 지하철까지도 신기하게 느껴질 지경이다. 아침마다 출근하기 싫어서 밤마다 사 모았던 옷들과 책들이 낯설다. 바쁘지 않으면 어색하던 나날들이 약속 하나가 잡히면 하루가 너무 금방 가버려서 정신없는 그런 나날들로 바뀌었다. 외적인 거리가 내적인 거리를 만들어내어, 한국에서 벌어지는 일보다 트럼프 미국 대통령의 트윗 하나가 더 중요하게 느껴진다.

글쓰기 천재인 슈테판 츠바이크가 몽테뉴의 글을 빌려 나에게 질문 하나를 던진다. "어떻게 하면 나는 자유롭게 남아 있을 수 있을까?" 몽테뉴는 자신의 삶과 힘과 노력과 기술과 지혜를 몽땅 동원해서 이 질문에 열중했다. 자신을 지키는 가장 높은 기술은 무엇일까. 나는 언제나 글쓰기로 나 자신을 지켜왔다. 일기를 쓸 기운조차 없어 아무것도 적지 못하고 잠든 날엔 필연적으로 무기력에 시달렸고, 내가 읽고 싶은 글을 직접 쓰고 잔 다음 날엔 까다롭고 성가신 일들도 웃으며 처리했다. 다른 사람들이 나보고 털털하다고 앞에서 농담하고 뒤에서 무심하고 정 없다고 욕해도 신경 쓰지 않았다. 그런 무신경함 덕분에 "공허한 삶이 아닌 자기만의 삶을 산다는 과제"를 어느 정도 수행할 수 있었다.

대중 작가로 성공하기 위해선 내가 하고 싶은 이야기보다 남들이 좋아할 만한 이야기를 쓰라고 충고하지만, 편집자로 일할 때를 제외하고 내 책을 쓸 땐 언제나 '내'가 먼저였다. 그래서 내 글이 지나치게 사적이라고도 할 수 있고, 나만 알고 있는 이야기라 이해하기 힘들 수도 있고, 반대로 너무 가벼워 책 좀 읽는 사람들에게 외면을 당할 수도 있다. 몽테뉴가 된 몽테뉴처럼 조안나가 조안나가 되기 위해 글을 쓴다. 어느 곳에도 고용되지 않은 채 나만의 일을 하고 있다. 이 글도 글빚을 져서 쫓기듯 쓰는 글이 아니라 아침에 일어나 커피를 마시듯 자연스럽게 써내려가는 글이다. 그러니 취향이 맞지 않는 이들은 내 글 따윈 읽지 않아도 되는 것이다. 이따금 끝을 알 수 없을 정도로 우울해지지만, 내가 남긴 기록들이 있어 남을 괴롭히지도 않고 일상을 망가뜨리지도 않고 끼니도 제대로 챙겨 먹으며 버틸 수 있다.

의무감에 의해 쓰는 것이 아니라 오직 자기 자신을 위해 쓰는 글만이 비참한 당신을 구할 것이다. 영화 〈아메리칸 사이코〉의 원작가 브렛 이스턴 앨리스는 이렇게 말했다. "글은 찬사를 받으려고 쓰는 것도 아니고 읽는 사람을 생각해서 쓰는 것도 아니다. 자기 자신을 위해 쓰는 것이다. 자신과 펜 사이에서 호기심을 일으키는 것들을 글로 써내는 것이다"라고. 당신의 글 속에서 당신이 절대군주가 되고 수다를 떨거나 헛소리를 지껄여도 아무도 욕하는 사람은 없다. 덧글에 연연할 필요도 없다. '남들에게 잘 보이려고' 애쓸 필요 없는 왕국을 지금 당장 지을 수 있으니 이 얼마나 판타지스러운 일인가. 당장 시작할 수 있는 최고의 예술은 나에 의한, 나를 위한 기록 그 자체이다.

─────────── 이 책에서 저 글로 가는 길

미셸 에켐 드 몽테뉴가 남긴 명언은 참 많기도 많다. "나는 책을 쓰는 저자가 아니다. 내 과제는 내 삶에 형태를 부여하는 것이다. 그것이 나의 유일한 직업이며 유일한 소명이다"

라는 말도 남겼다. 내 삶에 형태를 부여하는 것이 유일한 직업이라는 말은 알 것 같으면서도 모르겠다. 삶에 형태를 부여하는 것이 바로 작가가 하는 일이기 때문이다. 하지만 죽음은 어디에나 있는 것이니 침대에서 죽음을 맞기보다는 차라리 말을 타고 죽음을 맞는 편이 좋겠다고 했던 그의 말은 백 번 천 번 공감한다. 질 나쁜 숙소를 만나면 화를 내기보다 오히려 즐거워했다는 것, 자신과 다른 관습을 가진 사람들을 보는 것이 가장 큰 기쁨이었다던 그를 따라 타인과 함께 사는 삶의 학교로 전학갈 준비를 해본다. 글만 쓰는 작가가 되기 싫다. 작가로만 지내기엔 세상에 너무나 재미있는 것들이 많기에.

# 지금 여기에 없는 이는 필요 없다

"사람들에게 가장 소중한 사람이 누구냐고 물으면 대개 자기 자신, 가족, 연인……이라고 말한다. 그러나 그들은 "지금, 여기"에 있지 않은 경우가 많다. 내게 무슨 문제가 생기면 연락해줄 사람은 거리에서 처음 만난 이라도 지금 접촉하고 있는 사람이다. 아무리 사랑해도 '여기 없는 이'는 소용이 없다……. "지금, 여기"를 살면 소유 관념에 휘둘리지 않고 삶 자체를 누릴 수 있다."

– 정희진, 《정희진처럼 읽기》

언제나 "지금, 여기"가 가장 소중한 나는 많은 이들을 잊고 살 수 있다. 그렇게 매일같이 보고 싶었던 친구나 조카들의 얼굴이 흐릿해졌다. 물론 카카오톡이나 인스타그램을 통해 사진을 볼 수 있지만 "바로, 지금 여기" 내 앞에 있는 내 고양이 두루보다 애틋하진 않다. 매일 아침, 세상에서 제일 귀여운 얼굴로 캔사료를 기다리고 있는 고양이는 나에게 온 우주와 같다. 나와 매일 단둘이 저녁을 먹는 나의 남편도 나의 모든 것이다. 내 손을 빌리지 않고도 바로 먹을 수 있었던 한식의 소중함도 자주 잊어버린다. 한국에 가면 첫 끼부터 강렬하게 느끼게 되겠지만, 현재 당장 내가 누릴 수 있는 기쁨이 아니니 아직 내 것이 아닌 것이다. 지금 없는 것보다 지금 있는 것에 집중하면 삶의 허무는 대부분 극복 가능해진다.

작가로 살다 보면 빠지지 않고 듣게 되는 질문이 있다. "가장 좋아하는 책이 뭐예요?" 그럼 나는 항상 이렇게 대답한다. "지금 가장 길게 읽고 있는 책이요." 한 번에 여러 권의 책을 동시에 읽기에 길게 읽고 있는 책이 최고로 마음에 드는 책이다. 사실 요즘 모든 책이 나에게 좋은 친구가 되어주기 때문에 책에 관해선 문란하다고 할 만큼 다 좋다고 답하고 싶다. 다음에 읽을 책은 다음에 대답하면 된다.

슬픔은 쓸수록 작아진다

수많은 책들이 '현재'의 중요성을 강조하지만 우리는 어쩔 수 없이 과거에 집착하고 미래를 걱정한다. 생각해야 존재하는 인간이라 어쩔 수 없다. 얼마 전 다시 본 영화 〈냉정과 열정 사이〉의 남자주인공 쥰세이는 여전히 심장이 두근거릴 정도로 멋져 보였지만, 현재 자기 옆에 있는 '매미'라는 여인을 너무 불행하게 만들었기에 전적으로 응원할 수 없었다. 과거의 연인을 잊을 수 없다면, "지금 접촉하고 있는 사람"에게 냉정하게 말했어야 했다. 내 곁에 있지 말라고. 나는 과거에 얽매여 사는 못난 남자라고.

다행히 우리는 글을 쓰면서 과거에 대한 후회와 미래에 대한 걱정을 어느 정도 떨쳐버릴 수 있다. 분명 방금 전까지 한국에 가면 고양이를 어디에 맡길까, 저렇게 밤낮으로 나를 찾는데 놓고 가면 우울증에 걸리진 않을까 심각하게 고민하고 있었지만, 글을 쓰면서 잊어버렸다. 만약 글을 쓰지 않는다면, 자신이 매일 하고 있는 일에 우직하게 집중하면 된다. 쥰세이가 옛 연인인 아오이를 잊기 위해 쉬지 않고 유화 복원 작업을 하는 것처럼.

톨스토이의 우화 《세 가지 물음》에 나오는 세 가지 물음은 다음과 같다.

가장 소중한 때는?
가장 소중한 사람은?
가장 소중한 사람에게 지금 할 일은?

바로 지금, 가장 소중한 고양이 두루에게 간식을 챙겨주고, 가장 소중한 남편을 위해 그가 가장 좋아하는 알리오올리오 스파게티를 해주자. 그리고 가장 소중한 지금을 글로 남겨두자. 글을 차분히 쓸 수 있는 평상심은 언제나 최고의 자산이다. 두 번 강조해도 부족하다.

───────────────── 이 책에서 저 글로 가는 길

비행기를 타고 한국과 미국을 오가며 몇 년간 정신없이 거처를 옮겨 다니며 살았다. 한국에 가서도 언니집, 친정, 시댁 등등 여러 집을 왔다 갔다 하며 수많은 사람들을 스쳐 지나갔

슬픔은 쓸수록 작아진다

다. 짐을 쌌다가 풀었다, 물건을 샀다가 버렸다 하기를 수없이 반복하며 무엇이 제자리에 있다는 평상심을 유지하기 힘들었다. 하지만 전 세계 어디에 가도 할 수 있는 글쓰기는 매일 돌아가 쉴 수 있는 익숙하고 편안한 장소가 되어주었다. 마치 나만의 집을 갖고 다니는 것처럼 위로가 된다. 쓸 수만 있다면 그곳이 곧 나의 집이 된다.

# 그래도, 어른이 된다는 건 정말 좋은 거야

처음으로 어른이 되었다고 느꼈던 순간이 언제였더라. 부모님의 허락을 받지 않고 내가 번 돈으로 사고 싶은 걸 샀을 때였던가. 혼자 커피숍에 앉아 늦게까지 책을 읽고 공부했을 때였을까. 남자친구와 버스정류장에서 아무도 안 볼 때 키스했을 때였나. 클럽이나 록 페스티벌에서 남의 눈치 안 보고 춤을 췄을 때였나. MT와 CD의 다른 의미를 알게 되었을 때였을까……. 정확히 어떤 순간이었는지 기억은 나지 않지만 어른이 된다는 게 자유롭고 참 멋진 일이라고 스스로 대견해했던 것 같다. 앞으로 닥칠 자유가 주는 공포와 독립의 고단함 따위도 모른 채 침을 질질 흘리며 좋아했다. 아빠가 벌어다주던 돈의 무게, 엄마가 해주는 집안일

슬픔은 쓸수록 작아진다

의 고단함은 내 사전에 없던 말이었으니까.

커서 어른이 되고 싶다고 생각했던 것은 단순히 '커피'를 마시고 싶었기 때문이기도 하다. 술맛도 모를 뿐더러 한 잔만 마셔도 온몸이 빨개지는 체질이라 잘 마시지 못했으면서 20대 초반엔 그렇게 술을 마셔댔다. 술을 마시면 왠지 내가 모르는 어떤 '감정'이 생겨날지도 모른다고 생각했던 것일까. 냄새 맡는 것도 싫어하던 담배도 치기 어리게 피워봤다. 맛없는 아메리카노보다 더 끔찍한 맛이었다. 그러나 산해진미를 먹으면서도 그 시커먼 아메리카노가 마시고 싶어서 손이 떨리는 걸 보면 아마, 담배도 계속 피웠으면 아침 점심 저녁으로 생각났을 것이다. 어른들이 즐기는 것들은 그렇게 다 쓰고 맵고 텁텁하지만 강렬했다. 맛볼수록 중독되고야 마는 것투성이었다.

나는 회사를 다닐 때도, 프리랜서로 생활할 때도 자유를 뺏기면 그날로 끝이다,라고 생각했다. 하나에서 열까지 어른들이 다 챙겨주는 아이들에게 "너희는 좋겠다. 밥 먹여주지, 씻겨주지, 재워주지. 부럽다"라고 입버릇처럼 말하지만 다시 젊어지고 싶지 않다. 아마 아직 내가 충분히 나이를 먹지 않아서 그런지도 모르지만, 아이에겐 하지 말아야 할 것이 너무 많지 않은가. 예술가들은 평생 철이 안 들어야 한다는데 나는 일찌감치 애늙은이처럼 살아왔다. 그래서인지 소설에 등장하는 다양한 애늙은이 캐릭터들을 사랑하고 그들에게 동족 의식을 느낀다. 어린아이가 1인칭 관찰자 시점으로 등장하는 소설을 즐겨 읽었다.

소설《죽여 마땅한 사람들》에는 당차다 못해 킬러 기질을 타고난 릴리가 나온다. 나이에 비해 성숙한 그녀에게 엄마가 충고한다. "이걸 명심하렴, 릴리. 세상이 늘 널 중심으로 돌아가진 않아"라고. 엄마가 나를 보살펴주고 선생님들이 내 스케줄을 짜주고 시험 점수만 잘 나오면 칭찬 받던 시절엔 내가 세상의 중심이었다. 그러나 어른의 세계에 진입한 순간, 나는 내가 세상의 중심이 아니라는 것을 뼈저리게 깨달았다. 공부를 못하면 학교에서 칭찬 받을 일은 없구나. 내가 죽으면 슬퍼할 사람은 우리 가족뿐이구나. 내가 없어도 회사는 잘 돌아가는구나. 아니, 어쩌면 내가 없어져서 좋아할 사람이 있을지도 모르지. 그렇게 우리는 점점 '주인공1'에서 '지나가는 행인2'의 삶으로 가는 기차에서 한 번이라도 1등석에 오르고 싶어서 애쓰는 삶을 묵묵히 받아들이며 어른이 된다.

뭐, 슬퍼할 필요는 없다. 글쓰기 안에서 나는 언제나 주인공이니까. 이 뻔해 보이는 말의 힘은 써본 사람만이 알 것이다. 회사에서 구박만 받았던 날에도, 집에서 아이와 웃다가 울다가 엉망진창인 하루를 보냈어도 차분히 그날 일어났던 일을 적다 보면 무의미한 시간들이 문자 안에서 깔끔하게 정돈된다. 그 문장을 쓰는 건 나이고, 내 의지로 말은 언제든 만들어지고 수정될 수 있다. 운이 좋아서 이 말들이 책으로 만들어지면 당신의 인생은 다시 한 번 정리되고 포장되어 그럴듯한 의미를 갖게 된다. 모든 사람이 책을 낼 기회를 잡을 수는 없겠지만 적어도 일기장은 지금 당장이라도 살 수 있고, 또 개인용 컴퓨터가 없는 사람은 이제 거의 없을 테니 하얀 페이지에 글자를 입력할 수 있는 손가락과 의지만 있으면 된다. 어느 정도 자신의 글에 자신이 생겼다면 나에게 메일(ego3sm@gmail.com)을 보내주어도 된다. 제목과 첫 문장만 보고도 느낌이 오면 연락할 수 있는 여유가 아직 내게 있다. 그럴 수 있는 경력과 기술을 어른으로 살면서 쌓아왔으니 말이다. 어른의 자유의지라는 건 이럴 때 써먹으라고 있는 것이니 말이다.

## 이 책에서 저 글로 가는 길

매력적인 스토리로 무장한 《죽여 마땅한 사람들》은 스릴러라 한 번 읽고 나면 금방 까먹는 소설이지만 '릴리'라는 여주인공 때문에 가끔 다시 꺼내 읽는다. 그녀는 두 번째 살인을 저지르고 이렇게 말한다. "나는 이제 성인이다. 상처받기 쉬운 어린 시절과 위험한 첫사랑의 시기를 무사히 넘겼다. 다시는 그런 처지에 놓이지 않을 거라고 생각하니 위안이 되었다. 이제부터 내 행복을 책임지는 사람은 오로지 나뿐이다." 사람을 죽여놓고 태연히 저녁을 차려 먹고 가장 좋아하는 의자에 앉아 책을 읽는 주인공에게 감정이입을 하게 될 줄은 몰랐다. 현실감이 흘러넘치는 스릴러를 쓰고 싶은 이라면 꼭 읽어보시길.

# 누가 시키지 않아도 하게 되는 것

　누구나 링에 올라올 수 있는 열린 무대이지만, 오래 버티기는 힘든 소설가의 세계를 적나라하게 고백한 하루키의 힘 있는 에세이 《직업으로서의 소설가》를 자주 읽는다. 사람들은 "이까짓 소설 나도 쓸 수 있겠다"고 쉽게 이야기하지만 아무리 천재적인 '재능'을 가진 작가라도 지속적으로 소설을 써낸다는 것은 상당히 어려운 일이다. 노력 대비 성과가 적기도 하고(언제 작업이 끝날지 아무도 모른다), 연봉이라고 할 것도 없이 대부분 작가의 수입이 보잘것없고(인세 말고 강의를 하거나 칼럼이나 연재글을 써서 생활비를 마련한다), 아무도 알아주지 않는 어둠과 고독을 견뎌낼 만큼 '천재'들은 미련하지도 않기 때문이다.

이 세상에 소설은 없어도 되지만, 소설 같은 것이 없다면 삶이 얼마나 무미건조할까. 쉼표를 어디에 찍을까를 두고 한 달을 고민했다는 소설가의 일화는 너무나 유명하다. 모두가 한시라도 빨리 가려는 속도의 시대에 거꾸로 가장 느리고 가장 미련하고 가장 아날로그적으로 이야기를 만드는 소설가들이 있어 얼마나 든든한지 모르겠다. 지금도 세계 어딘가에서 글을 쓰고 있을 하루키를 생각하면, 처진 어깨를 활짝 펴고 책상에 바로 앉게 된다.

하루키의 주장에 따르면 인간의 삶에는 시시한 일상의 연속일지라도 실은 흥미로운 이야기를 술술 풀어낼 수 있는 야심이 숨어 있다. 그러니까 뭐 같기만 했던 하루에도 쓸 이야기는 있다는 것이다. 한번 생각나는 대로 나의 '거지 같았던 하루'를 적어볼까.

쇼윈도에서 바로 튀어나온 것처럼 세련된 사람들로 가득한 강남 한복판에서 미팅 일정이 잡혔는데, 아침부터 얼굴에 트러블이 올라와 화장으로도 안 가려진다. 비참한 기분을 감추려고 옷장에서 가장 비싼 코트를 꺼내 입고 출

슬픔은 쓸수록 작아진다

근길에 오른다. 당연히 지하철이 '이미 늦은' 나를 배려해서 기다려주지 않으니 파우더 가루가 다 날아갈 정도로 달린다, 늦지 않고 회의에 참석하기 위해. 달리는 동안 가방을 바꿔 메느라 화장품 파우치를 놓고 왔다는 걸 깨달았다! 아, 수정 화장이 필요한 날인데 무기를 놓고 전장에 들어선 셈이다. 점심을 먹지 말고 올리브영에 가서 무기를 새로 장만해야겠다. 오늘 만나야 하는 작가님은 '교수'님이시라 더 단정하게 보이고 싶어 평소에 잘 입지도 않는 펜슬스커트를 입었더니 걸을 때마다 불편해 죽을 것 같다. 그나저나 3주째 편집회의에서 같은 말만 반복하고 있는 저분의 입 모양을 보니, 마시자마자 머리가 땡해지는 트리플샷 아메리카노를 마시고 싶다. 노트에 미팅 때 물어보고 싶은 궁금점들을 적으며 시간이 흘러가길 기다리고 있는데…… 2,000자 원고도 10분 만에 스무 글자로 섹시하게 줄여버리는 나의 편집장님이 나서서 상황을 정리해주었다. 그의 뇌를 그대로 복사해서 가지고 싶다. 아차, 저녁엔 인사동에서 저녁 약속까지 있는데 여전히 엉망인 얼굴에 불편한 옷을 입고 투명하지 못한 정신 상태로 담배 연기 가득한 사무실에서 6시간을 버텨야 한다. 회의실 의자에서 일어날 때! 어제 큰 마음 먹고 산 명품스타킹의 올이 나갔다. 하아, 나는 왜 이 일을 하고 있는 걸까…….

장편으로 이어질 가능성은 없고 소품 정도로 쓸 만한 문장이 끝도 없이 흘러나온다. 집에서 나오자마자 집으로 기어들어 가고 싶었던 최악의 하루로 기억되는 어떤 날의 기록을 적은 것뿐이다. 하루키는 기본적으로 글을 쓴다는 건 어느 세대에게나, 부자에게나 거지에게나 '공짜'라는 점을 강조한다. 그러니 누구나 지금 당장 글쓰기를 맨손으로 시작할 수 있다. 진입 장벽이 낮은 만큼 오래 버티는 이는 드물어서 더욱 가치 있다. 남들이 보기엔 따분하고 시시해 보일지라도 직업적 만족도가 높은 리스트에 작가(소설가)는 항상 빠지지 않는다. 건전한 야심을 잃지 않고 무언가를 끊임없이 써내려갈 때, 미처 발견하지 못했던 세상의 단면 혹은 자아의 약점을 깨닫게 된다. 그러나 돈벌이가 시원찮은 작가로만 살기에는 나는 '생활비'가 많이 드는 인간이다. 다른 직업을 가지지 않으면 글을 쓰는 일이 고문이 되기 쉽다. 이걸 써서 얼마나 벌겠다고 죽자 살자 하고 있나…… 싶다.

슬픔은 쓸수록 작아진다

작가로서 글을 쓸 때는 바다에 모래를 한 알씩 던지는 막막함에 주저앉고 싶지만, 편집자로 일하면 객관적으로 글을 바라볼 수 있어서 좋다. (무엇보다 확실한 '입금'이 보장되는 일이다.) 흩어져 있는 생각들을 주제별로 모으고, 스토리를 구성해서 펼쳐 놓고, 구조를 파악하고, 없애거나 보태서 다시 고치고 그리고 최종적으로 일관성 있게 편집하는 일은 레고 조립만큼 흥미롭다. 지난주에, 몇 번째 마감인지는 정확히 모르지만 편집 마감이라는 걸 '또' 했다. 교정에 또 교정을 거듭하며 같은 원고를 계속 반복해서 고치다 보면 지쳐서 다 때려치우고 싶어지지만…… 새 원고를 받으면 항상 새로운 세계에 들어간 것 같이 마음이 달뜬다. 세상에 작가는 많고, 그 작가보다 (셀 수 없이) 많은 원고 뭉치가 있다. 원고 뭉치들은 책이 되기 이전에, 하나같이 어설프고 말이 안 되고 애처로울 정도로 어수선한 모습을 하고 있다. 그 혼란을 정리해나가며, 때론 기쁘고 때론 화가 머리끝까지 나기도 하지만 그래도 책의 꼴로 완성되어 나오면 하나같이 예뻐 보인다.

　회사에 다니며 만들었던 책은 완전히 나 혼자만의 결

과물이 아니었다. 회의에 회의를 거듭하고 여러 결정 사항들이 선택되어 브랜드의 책으로 재탄생했다. 한창 편집일을 배울 땐 선배들의 한 마디 한 마디가 받아적어서 흡수하고 싶은 '명언집' 같았다. 일 년이 지나 그해 출간목록을 살펴보면, 어느새 우리는 우리만의 출간리스트를 완성해가고 있었다. '서울에 사는 30대 직장인 김미영 씨'가 우리의 핵심 타깃 독자였지만, 어쩌면 팀원 A와 팀원 B가 읽고 싶어하는 책을 만들고 싶었는지도 모른다.

이제와 생각해보면, 자존심 구겨가며 교정받던 문장과 단행본 기획서는 작가로 살기 위한 자격증과 같은 것이었다. 매일 보고 들으며 나도 모르게 흡수해버린 편집과 카피의 팁들은 고스란히 혼자 일하는 요즘에 그 힘을 발휘한다. 인터넷에는 내가 존경하고 신뢰하는 이들이 만든 책들의 보도자료가 널려 있다. 검색해서 복사하고 붙여넣어서 그대로 타이핑해볼 수도 있고, 조금 변형해서 내 문장으로 만들 수도 있다. 그들이 만든 책의 구성을 통해 다음에 내가쓸 책의 차례와 소재를 큐레이션한다. 정해진 일과와 매너리즘에 빠진 직장인들 틈 속에서 나의 개성이 사라질까 봐 두려웠지만, 다양한 세계를 만나고 조금은 성장한 기분이 들었다. 나는 이제 9 to 6를 지킬 필요가 없는 프리랜서이지만, 되도록 직장인처럼 정해진 시간에 일어나 반듯하게 침구를 정리하고 간단히 아침을 먹은 후 책상에 앉으려고 노력한다. 그토록 벗어나고 싶었던 반복되는 일상 속에서 건전한 편안함을 느낀다. 시나브로 거대한 작가 집단의 일부로 살아가는 맛을 알아간다. 그들과 나는 모두 누가 시키지 않아도 자신의 책상으로 매일 출근하는 노동자이다.

## 이 책에서 저 글로 가는 길

작가로만 살면 가난하게 살게 될 확률이 높다. 하지만 그 삶이 절대 지루하진 않을 것이다. 일상의 모든 것이 글쓰기의 재료가 되기 때문에 딴짓을 하거나 멍을 때리고 있어도 대부분 이해받을 수 있다. 마감 기간에는 반쯤 혼이 나간 사람처럼 굴다 보니 아무도 나를 건드리지 않는다. 잠에서 깨어나 눈도 제대로 못 뜨고 꿈 일기를 적거나 밥을 먹다가도 갑자기 노트북 앞으로 가서 미친 사람처럼 자판을 두들겨대면 내가 마치 무엇이라도 된 것 같은 착각에 빠진다. 무엇이라도 된 것 같은 착각으로 매일 글을 쓰면 평소에는 발견하지 못했던 삶의 의미를 글 속에서 만들어낼 수도 있다. 어제 쓴 글에서 나는 돈도 안 되는 글을 계속 쓰는 이유를 알아냈다. 나는 사람들에게, 세상에게 잊히지 않기 위해 쓴다. 글만이 평범한 나를 기억하게 할 것이다.

# 아무것도 쓰지 못하는 날은 항상 있다

매일 계속 쓰고 있었는데, 오늘은 아무것도 쓰지 못했다. 새로 도착한 《안자이 미즈마루—마음을 다해 대충 그린 그림》을 읽고 (벽에 붙이고 싶어서 정성스럽게) 찢고 마음에 드는 문장을 타이핑하고 미국에서 온 전화를 받아주느라고. 아름다운 것이 보고 싶어서 인터넷 쇼핑몰 사진을 보느라고. 어질러졌던 집을 청소하느라고. 인터넷으로 주문한 음식과 아이 용품을 정리하느라고……. 이 끝도 없는 핑계 끝엔 글쓰기가 기다리고 있다. 그나마 '무언가 했다'는 만족을 느낄 수 있게 해주는 최종 병기 같은 것.

글쓰기가 있어서 나의 모든 삶이 '자료 조사'로 포장될 수 있다. 드라마를 몰아서 볼 때도, 똑같은 영화를 스무 번 넘게 봐도 다 글을 쓰기 위한 준비과정인 것이다. 작업할 때는 하릴없이 인터넷 기사만 뒤적거리거나 소셜미디어에 접속하는 걸 절대적으로 줄여야 하는데, 글을 쓸 때는 '자료조사'라는 명목하에 그것들도 시간 가는 줄 모르고 한다. '그래서'와 '그러나'로 시작하는 문장을 줄여야 한다는 등의 문장기술법도 보고, 조개 해감법까지 하트를 눌러 저장해두었다. 돌 지난 아이의 식단들을 구경하고 필요한 식재료를 인터넷 마트에서 쇼핑했다. 지금은 실시간으로 코로나 바이러스 상황을 확인하고 확진자들의 동선을 찾아보느라 지자체 블로그와 페이스북 페이지도 방문해야 한다. 집중할 시간이 생겼는데도 읽어야 할 책도, 써야 할 글도 내팽개치고 시간을 낭비했다. 이렇게 게으른 작가에게 어떤 벌을 줘야 할까.

이렇게 비생산적인 오전을 보낸 날엔 불후한 환경을 딛고 성공한 사람들의 두꺼운 책을 읽는다. 개인적인 아픔을 '배움'으로써 치유해갔던 타라 웨스트오버의 《배움의 발견》은 볼륨은 두껍고 내용은 따뜻하고 슬픈, 대단히 지적인 자서전이다. 지금의 나태한 나에게 아주 좋은 선생님이 되어주는 책이다. 극도로 비주류적인 모르몬교 광신도인 아버지와 그의 폭력을 방관하며 살아온 어머니 사이에서 나고 자라 17살이 되도록 학교 문턱에도 가지 못했던 타라가 이제는 박사학위 소유자이자 베스트셀러 작가가 되었다. 그녀의 영화 같은 삶은 곧바로 버락 오바마, 빌 게이츠같이 유명 책벌레 인사들에게 극찬을 받았다. 케임브리지와 하버드를 넘나드는 그녀의 학력보다 필력이 탐나서 책을 읽는 내내 질투가 났다. 자신의 무지와 비참해 보일 수도 있는 가족사를 담담하고 솔직하게 묘사했다는 것에서 배울 점이 많았다. 2019년에 화제가 되었을 때 처음으로 영어로 읽었는데 그녀의 문장을 이해하기 위해서라도 영어를 더 잘하고 싶다는 욕심이 들 정도였다. 이렇게 좋은 책은 제대로 배워서 다시 읽고 쓰고 싶은 '배움의 욕망'을 일으킨다.

그녀는 "사랑하는 사람들이 얼마나 큰 영향력을 내게 미칠 수 있도록 허락하는지 생각해보면 참 이상하다"라고 일기에 썼다. 나 역시 왜 가장 가까운 사람들이 내 인생과 기분을 망치는지 적고 또 적었다. 대학에 가서도 좁은 집에서 벌어지는 싸움은 내게 상처를 주었다. 사이좋게 지낸 시간보다 서로를 보면 화낼 구실을 찾는 사람들처럼 안 좋게 지낸 시간이 더 길어진 나의 부모님을 이제는 미워하지 않는다. 변할 줄 모르는 그들의 문제지 내 문제가 아니기 때문이다. 서로 벽을 쌓아놓고 단 1mm도 부술 생각을 안 하는데 어떻게 달라지겠는가. 문제는, 그들도 그들의 문제를 알지만 고치려는 의지가 없다는 사실이다. 엄마는 엄마 나름대로, 아빠는 아빠 나름대로 열심히 산 죄밖에 없다.

사람은 누구나 자신을 '인정'해주는 사람에게 미소와 정을 베풀게 되어 있다. 내가 상대를 인정해주면 그도 나의 진면목을 알아주려고 노력한다. 대학에 가기 위해서, 원하는 직장에 들어가기 위해서만 노력하는 게 아니다. 서로가 서로를 알아보기 위해 우리는 배우고 듣고 노력해야 한다. 이제 미움, 분노, 고함이란 단어들은 내 것이 아니다. 오히려 슬픔은 나에게 힘이 되어서 다시 살아가야 할 이유가 되기도 한다. 어떻게 이 아름다운 세상을 살면서 슬프지 않을 수 있겠는가!

《배움의 발견》첫 장에는 버지니아 울프의 말이 인용되어 있다. "과거가 아름다운 것은 우리가 경험을 하는 순간에 생기는 감정은 잘 감지하지 못하기 때문이다. 우리는 현재가 아니라 오직 과거에 대해서만 완성된 감정을 지니게 된다." 이 문장은 원문이 더 아름다워서 같이 인용한다. "The past is beautiful because one never realises an emotion at the time. It expands later, & thus we don't have complete emotions about the present, only about the past." 타라 웨스트오버는 조종, 폭력으로 가득 찬 과거가 아름답다고 말하지 않는다. 그럼에도 그녀는 자신의 과거를 빠짐없이 기록하고 묘사함으로써 현재의 감정을 치유하고 미래를 향해 나아간다. 그래서 두 번째로 "교육이 끊임없이 경험을 재구성해가는 것으로 이해되어야 한다고 믿는다"라는 존 듀이의 말을 인용한 것 같다. 끊임없이 경험을 재구성해가며 배우는 것이 중요하다. 이 말은 살면 살수록 무질서하게 펼쳐진 경험을 정리하기 위해 글쓰기가 필요하다는 것을 증명한다.

# 제대로 살지 않으면 글도 생기를 잃는다

잔잔한 일상 이야기로 가득한 나의 글과 큰 희로애락이 없는 프리랜서 편집자의 삶에도 극적인 사건이 몇 개 있었다. 학창시절엔 IMF로 인한 아버지의 실직, 원하던 대학 입학 실패 정도이고 결혼 후엔 시댁 바로 아랫집에서 살았던 신혼생활, 미국으로의 이주 그리고 번개처럼 나를 때려 눕힌 출산(영어로는 Labor라고 한다. 분만이 아주 큰 '노동'이라는 점에서 이해가 되는 단어다)이란 이벤트가 있었다. 그것도 차가운 병실에서 영어를 써가며 아이를 낳았던 경험은 아직도 (심지어 내가 꾸지도 않은) 꿈같다. 혹시나 미국에서 출산할 일이 있는 분들을 위해 내가 친절히 나의 경험을 글로 풀어놓겠다.

아이를 배에 품고 검사 받으러 다녔던 미국의 산부인과Obgyn(obstetrics과 gynaecology의 줄임말)도 갈 때마다 어색하고 떨리는 곳이었다. 미국에서는 Hospital(병원)이라 하면 보통 우리나라의 상급종합병원을 의미하기 때문에 Clinic(클리닉)이라고 하는 외래 위주의 일반병원을 많이들 찾고, 우리나라처럼 지정된 의사를 매번 만나는 것이 아니라 여러 의사를 예약 날짜에 맞게 돌아가면서 만나는 시스템이다. 어떤 날에는 천천히 말하는 우아한 흑인 의사에게 진료를 받았고, 처음으로 아이의 심장 소리를 들은 날엔 하이톤으로 엄청 빨리 말하는 백인 의사를 만났고, 결정적인 내진Pelvic exams을 하는 날엔 선하게 생긴 백인 남자 의사에게 검사를 받았다. 말이 짧은 나에게 선택 사항은 많지 않았다. 그리고 그들은 무슨 말을 해도 "다 좋아요, 지극히 정상이에요(It's okay. It's completely normal)"라고 답한다. (실제 임신 중에 나는 모든 것이 정상이었다.) 항상 남편이 옆에 있어서 망정이지 혼자 무거운 몸을 이끌고 병원에 다녔으면 매번 눈물이 났을 것 같다. 검진 전날에는 새롭게 나타난 증상과 의사에게 궁금한 점을 영작하고, 말하기 연습하고, 영어로 된 임신 관련 기사들을 읽느라 바빴다. 벼락치기로 한 공부는 시험이 끝남과 동시에 잊어버리듯 임신 기간에 달달 외웠던 영어 문장들은 모조리 다 까먹었다. 물론 지금 다시 그 문장들을 보면 재작년 고양이를 쓰다듬으며 외우고 외웠던 순간들이 기억난다.

임신 38주 정기 검진 때는 이런 문장들을 영어로 적었다. "I feel hip joint and pubis pain when I walk. Walking is an effort and lying down is not much better than before. Luckily, I have easier breathing(고관절과 골반이 걸을 때마다 아팠다. 걷는 것이 고통이고 눕는 것도 전보다 힘들었다. 다행히 숨 쉬는 것은 전보다 쉬워졌다)." 의학 용어는 외우기도 어렵고 익숙지 않아 더 잘 까먹었지만 그래도 말하지 않으면 검사를 받지 못할 수도 있으니 필사적으로 외웠다. 살면서 고관절이나 자궁, 골반이란 말을 영어로 뱉게 될 줄은 상상도 못했다. 영어도 언어인지라 활자중독자인 나는 영어로 읽고 쓰고 말하는 것이 즐거웠다. 아이가 배 속에서 커갈수록 태동은 줄어든다고 했는데 38주가 지나도 우리 여름이는 더 많이 움직였다. 어찌나 크게 움직이는지 밤잠은 물론 낮잠도 제대로 못 잤다. 꿀렁꿀렁 배 표면에 드러나는 아이의 발바닥과 손(이라 추정되는 신체 일부분)은 귀엽다기보다 공포스러웠다. 다행히 양수가 부족하다거나 임신중독증Preeclampsia 증세는 없었기에 집에서 순산을 위한 스트레칭을 하며 아이가 나오기만을 기다리고 있었다.

그렇게 출산 예정일을 일주일 앞둔 마지막 정기 검진날, 처음 보는 의사가 공포의 내진을 했다. 이슬이 비친다거나 진진통이 오지도 않았는데 자궁이 3cm나 열렸으니 오늘 분만병원에 가라고 하는 것 아닌가. 이놈의 미국은 정기검진을 하는 클리닉과 분만이 진행되는 병원도 달랐다. 이날따라 몸이 너무 무거워 씻지도 않고 급하게 클리닉에 왔는데, 오늘 아기를 낳으러 가라니…… 결국 그날 나는 한 달전에 분만실을 구경하러 딱 한 번 가봤던 병원에 입원해서세 번 내진을 받고 무통주사를 맞고 다음 날 새벽 2시에 아이를 낳았다. 무통주사를 맞은 탓에 아래 감각이 없어서 아주 힘들게 푸시(Push라는 단어를 얼마나 많이 들었던가!)해서낳았다. 아기를 낳고 나서도 과다출혈로 잠시 기절했던 나는 그 병원에 있던 모든 간호사들을 한방에서 만났던 것 같다. 그렇게 기절한 산모에게 그들이 가져다준 것은 얼음 동동 뜬 오렌지주스와 막 냉장고에서 꺼낸 햄치즈샌드위치였다는 것이 우리 엄마를 경각하게 했다는 후문. 남들이 아기를 낳은 이야기는 군대 이야기만큼 지루했는데 이제 내가 이렇게 밤새도록 말을 늘어놓을 수 있을 만큼 할 말이 많아졌다. 더 길어질 것 같아서 여기서 끝내고 중요한 점만 정리하고 다음 꼭지로 넘어가야겠다.

죽을 고비를 넘기며 겪은 출산은 누구의 글로도 간접 경험밖에 할 수 없는 사건이었다. 아이를 낳을 때도 제대로 씻고 우아함을 잃지 않고 싶었지만, 출산은 예측 가능한 일보다 즉흥적인 요소가 많아서 그렇게 많은 글을 읽었는데도 정작 결정적인 순간엔 모든 사전 지식이 무용했다. 아이가 건강히 태어난 것만으로 세상 모든 것을 얻은 것처럼 기뻤기에 지금은 그 공포와 고통은 다 잊었다. 아이는 존재 자체가 귀엽지만, 출산 후 벌어지는 육아도 책에서 읽었던 것보다 고단하고 기존의 나를 끝없이 지워야 가능한 일투성이었다. 하지만 우리는 굴곡 있는 삶을 살아야 생생한 글을 쓸 수 있다. 삶을 제대로 살지 않으면 글도 생기를 잃는다. 아무 일도 일어나지 않은 날들만 계속되었다면 글을 쓸 생각도 하지 않았을 것이다.

오늘은 자신이 겪은 가장 극적인 사건을 적어보자. 감정보다 일어난 사건을 중심으로 사실대로 담담하게 적으면 된다. 글재주가 없는 사람도 술술 써내려갈 수 있을 것이다. 이런 점에서 아이를 다시 갖는다고 생각하면 '첫째보단 쓸거리가 많아지지 않을까'라고 아주 위험한 생각도 해본다. 아이가 돌이 지나고 조금 살기 편해져서 그런가. 다시 일어나지 않을 일이지만 오늘은 임신 영작 노트를 보면서 그때의 생생한 기록들을 남의 글 읽듯이 훔쳐보며 혼자 웃었다. 고통스런 과거도 아련한 추억으로 만들어주는 글쓰기의 힘이란 시간이 지날수록 놀랍다. 인생은 쓰지만 글쓰기는 언제나 달콤하다.

———————————— 이 책에서 저 글로 가는 길

은희경 작가의 신작을 정말 '십 년 만에' 읽었다. 《새의 선물》의 작가는 이제 육십 대가 되었지만, 그녀의 소설은 나이를 먹지 않았다. 좀처럼 좁혀지지 않는 우리 엄마와 아빠의 관계처럼 그대로이다. 말수가 적고 조용한 책벌레 모범생 주인공의 대학 시절을 추억하는 《빛의 과거》는 신작이지만 이미 내가 읽었던 소설같이 느껴진다. 작풍이 변함없다는 것에 안심하게 되는 몇 안 되는 작가이다. 그녀의 소설엔 큰 사건이 등장하지 않는 것처럼 보인다. 대신 주변인들의 사건사고가 자세히 묘사된다. '자신이 남들의 눈에 띄게 살지 않는다면 주변을 돌아보라'라고 말하는 것 같다. "그해 5월 나에게 일어난 가장 큰 사건은 학보사 입사였다"와 같은 에피소드를 통해 소설다운 서사를 배운다. 그해 5월 나에게 일어났던 가장 큰 사건은 역시 (지금은 남편이 된) 그와의 소개팅이었다. 날씨는 기가 막히게 좋았고 마음은 5월의 바람보다 살랑거렸던 대학 축제는 내 인생에 있어서 두 번째로 큰 '빛의 과거'이다. 당신의 '빛의 과거'를 차근차근 쌓아두고 공허함이 밀려들 때마다 조금씩 풀어보는 건 어떨까요?

슬픔은 쓸수록 작아진다

# 글이 곧 당신이기에

갓 내린 커피에 얼음을 녹이며 항상 음악을 듣는데, 이번 주 애플뮤직의 'Songs of the Summer' 리스트가 너무 좋다. 이 말을 트윗으로 남기고 싶다고 생각이 동시에 든다. 언제부터 우리는 일상을 '공유'하는 일에 열을 올리게 되었을까. 어제 내가 갔던 그 맛집, 오늘 내가 산 옷을 남들에게 알리지 못해 아픈 사람들처럼 스스로 개인 정보를 거침없이 인터넷에 뿌린다. 내가 아는 지인도 뭘 하고 뭘 먹고 어딜 갔는지 실시간으로 소셜미디어나 카카오톡 프로필에 업데이트한다. 그래서 물어보지 않아도 그의 스케줄을 알 수 있다. 그는 모든 사람이 다 알고 있는데 자신만 모르는 게 있을까 봐 걱정한다.

옛날 싸이월드가 유행했던 시절에도 사람들은 운전석에 앉아 자동차 로고가 보이도록 찍거나, 브랜드 로고가 크게 드러난 가방을 테이블에 올려놓고 찍은 허세 가득한 사진을 미니홈피에 올렸다. 세월이 흘러 돌이켜 생각하면, 분명 부끄러울 법한데도 아직도 그러는 사람이 있다는 게 놀랍다. 자의식(자아정체성)이 약할수록 브랜드에 집착한다는 연구 결과가 있다. 미네소타 대학의 한 연구팀이 10대를 대상으로 100개의 단어들과 이미지들 중에서 몇 개를 선택해서 이를 가지고 "무엇이 나를 행복하게 하는가?"라는 질문에 대답을 해보도록 했다. 그 결과 자존감이 높은 아이들이 가족 여행 같은 비물질적인 활동이나 좋은 성적 같은 성취와 관련된 단어들을 선택한 반면, 자존감이 낮은 아이들은 새로운 옷이나 아이팟처럼 소유와 관련된 항목들을 선택했다는 사실을 확인할 수 있었다.(《누가 내 지갑을 조종하는가》참고) 빈약한 자의식을 분에 넘치는 명품 가방(소심하게는 지갑)으로 포장하려고 했던 나의 과거를 돌이켜봐도 정말 그런 것 같다.

이렇게 길게 '자의식'에 대한 이야기를 하는 이유는 오늘의 글쓰기 주제가 바로 '글로 브랜드 되기'이기 때문이다. 화가에게 화풍이란 것이 있듯이 작가에게는 '문체'라는 것이 있어 작가마다 독특한 문장 스타일이 있다. 크게 보면 스토리에 스타일이 있다고 할 수 있지만, 여기서는 문장에 주목해서 글을 풀어가려고 한다. 장마다 다른 등장인물이 등장하지만 결국 하나의 이야기로 연결되는 연작소설을 아주 잘 쓰는 작가가 있다. 내가 영원히 사랑하고 사랑하는 엘리자베스 스트라우트Elizabeth Strout가 바로 그녀이다. 내 전작에서 자주 언급했던 《올리브 키터리지》는 제쳐두고 근작인 《내 이름은 루시 바턴》에 등장하는 문장들을 한번 보자. 열한 살이 될 때까지 차고에서 살 정도로 가난한 어린 시절을 보냈던 루시 바턴은 자주 타인들이 자신에게 했던 말을 회상한다. 그중 사랑에 빠졌던 교수가 했던 말이 오늘의 주제를 관통한다.

"이 셔츠 마음에 들어? 예전에 뉴욕에 갔을 때 블루밍데일에서 구입한 거야. 이 셔츠를 입을 때마다 그 사실이 늘 감동적으로 다가와."

– 엘리자베스 스트라우트, 《내 이름은 루시 바턴》

세상에, 주인공만큼 나도 당혹감을 느꼈다. 백화점에서 옷 사는 걸 좋아했지만 그렇다고 비싸게 주고 산 옷을 입을 때마다 감동적으로 다가올 만큼 대단하다고 느낀 적은 없었다. 내 수준에서 무리이다 싶을 정도로 비싼 물건은 할부로 샀기 때문에 매달 카드값이 나갈 때마다 후회는 했어도……. 더군다나 "그는 예술가인데!" 물론 사회적 계급을 입고 있는 옷과 사는 집의 크기로 구별 짓는 그와의 만남은 오래 가지 못했다. 그녀가 말하려는 것은, 이런 일이 아주 많은 사람들에게 일어난다는 사실이다. 주변에 일어나는 일을 섬세하게 묘사해내는 이 작가의 표현력은 다른 작품을 읽어도 딱! 그녀 같아서 믿음이 간다. 그녀 자신이 브랜드이기 때문에 어떤 글을 쓰더라도 힘 있게 쓸 수 있을 것이다. 그녀가 쓰는 이야기는 분명 모두 슬픈 이야기인데 자꾸 읽고 싶어진다. 왜일까. 그건 아마도, 남들과 달라서 느꼈던 내 안의 슬픔이 아직 몸속에 강하게 남아 있기 때문일 것이다. 가난은 사람을 어둡게 만든다. 아파트에 살 때는 몰랐던 것을 아파트 단지 옆 주택가에서 살면서 알게 되었다. 욕조가 있는 집에서 살 땐 몰랐던 것을 욕조가 없는 집에서 살면서 알게 되었다. 엄마가 사다주는 옷을 입을 때는 몰랐던 것을 할인 매장을 돌아다니며 싼 옷을 사게 되면서 알게 되었다. 아, 가난하면 믿을 건 내가 읽는 책과 쓰는 문장밖에 나를 드러낼 수단이 없겠구나. 사람들은 겉은 풍족해 보여도 속은 비어 있거나 외로운 경우가 대부분이구나.

더는 로고가 노골적으로 드러난 옷이나 가방을 입지도 사지도 않게 된 지금의 단단한 '자의식'을 잘 챙겨가며 살면 된다. 이제 남들과 달라 보인다는 이유만으로 슬퍼했던 못난 과거가 나를 우울의 끝도 없는 바닥까지 밀어붙이는 일은 없을 것이다. 다시는 남들과 같아지려고 노력하지 않아도 된다고 생각하니 마음이 더 편안해졌다. 열심히 읽고 나만의 스타일로 글을 쓰고 세상에 '조안나'라는 브랜드를 알릴 수 있는 '문장'이라는 수단을 늘려가기만 하면 된다. 진심을 담아 쓴 글은 결코 나를 속인 적이 없다.

──────── *이 책에서 저 글로 가는 길*

나를 소개해야 하는 자리에 가면 당연히 '책을 쓰는 사람'

이라고 말한다. 전에는 책에 대한 책을 쓰는 사람이었는데 지금은 그림에 대한 책도 쓰고, 글쓰기에 대한 책도 쓴다고……. 이런 프로필을 영어로 말하려고 영어 문장도 외우고 다닌다. 엘리자베스 스트라우트는 "사실대로 말한다고 누가 믿었겠는가?"라고 묻는 일들을 실타래처럼 계속 풀어낸다. 사실대로 말하면 더 가까워지는 사람이 있고, 더 멀어지는 사람이 있다. 점점 더 내 책을 읽어보겠다고 빈말이라도 건네는 사람이 줄고 있지만, 책을 읽으려고 노력하는 사람들과는 가까이 지내려고 한다. 예전엔 주변에 책을 잘 안 읽는 사람들이 대부분이라고, 그래도 상관없다고 자신 있게 말했지만 이제야 책을 읽지 않는 사람과는 오래 대화하기 힘들다는 걸 인정하게 되었다. "어떻게 책을 읽지 않고 이렇게 정신없는 세상을 건널 수 있는 거죠?"라고 묻고 싶은 마음을 속으로 꾹꾹 누르는 것도 한계가 온 것이다. 읽지 않고 자의식을 유지하는 비결이 있다면 좀 알려주세요. 아, 그나저나 여러분 스트라우트의 신작《무엇이든 가능하다》가 드디어 전자책으로 나온 거 아시나요? 저만 몰랐나봐요. 당분간 전 무엇이든 가능할 것 같아요. 아직 읽지 않은 그녀의 글이 기다리고 있으니.

슬픔은 쓸수록 작아진다

매일 밤 책상으로 출근하는 문장 노동자

**낮을 잘 보내야 밤은 내 편이 된다**

# 너의 모든 '처음'을 함께할 수 있어 좋아

아이의 백 일이 지났다. 이제 수유 간격은 두 시간에서 서너 시간으로 바뀌었고 아이가 목을 어느 정도 가누면서 안거나 들기가 수월해졌다. 옹알이를 하며 어설프게 '엄마'라고 말한다. 낮에는 놀다가 스르르 잠들기도 한다. 이 얼마나 큰 변화인가! 내가 안아서 재워주지도 않았는데 혼자서 잠들다니…… 하지만 여전히 난 책을 (진득하게) 읽을 시간도, 글을 쓸 시간도 제대로 확보하지 못하고 있다. 컴퓨터 키보드와 트랙패드에 먼지가 쌓인 지도 오래되었다. 이렇게나마 아이패드를 이용해서 초고속으로 쓸 수밖에 없다. 아마도 금방 깨서 세상에 자기 혼자 남겨진 줄 알고 앵앵 하고 울어댈 테니…….

그나마 수유하면서 핸드폰으로 읽는 전자책이 예전의 나를 잊지 않게 도와준다. 이 넓디넓은 땅(대략적으로 표현하자면, 우리나라는 끝에서 끝을 이동하는 데 차로 대여섯 시간이 걸리지만 이 나라는 5일이 걸린다)에 나와 남편, 여름이 셋밖에 없다고 생각하면 막막해서 눈물이 나지만, 그래도 책이 있어서 다행이다. 매일매일 더 사랑스러워지는 아이를 옆에 두고 이 글을 쓰는 나는 출산 후 정상으로 돌아오지 못한 피곤한 몸을 이끌고 살고 있지만, 그 어느 때보다 행복하다. 전과 다른 종류의 행복이라 아직 어색하다. 이 어색한 행복에 적응하려고 전에 읽지 않았던 책을 다운받는다. 임경선 작가의 책 중 가장 나중에 산 책이 바로 딸과의 이야기를 담은 《엄마와 연애할 때》이다. 호르몬 탓인지 몰라도 "여자는 좀 못될 필요가 있다"라고 딸에게 충고하는 에피소드만 읽어도 주책맞게 눈물이 난다. 딸이 자아가 생기기 전에 틈틈이 육아에세이를 챙겨 읽을 생각이다. 모두 다짐뿐이지만 그래도 실천하는 것들이 하나씩 늘어가고 있어서 그나마 다행인 나날들이다.

대학 시절부터 혼자가 편했기 때문에 지난 몇 년간 혼

자여서 좋았던 시간이 많았다. 이제는 필연적으로 둘에서 셋이 되었으니 셋에 익숙해지고 있다. 나이를 먹어서 좋았던 것 중 하나는, 친구에 집착하지 않아도 할 일이 많다는 점이다. 혼자서도 할 일이 넘쳐나니 집에만 있어도 심심할 시간 없이 바쁘고 좋았다. 그때의 시간이 길지는 않았지만, 그나마 혼자인 시간을 많이 저축해두어서 지금의 육아가 덜 힘든 건지도 모르겠다. 아이와 보내는 시간이 정신없어서 좋고, 무엇보다 이유 없이 웃을 일이 많아서 행복하면 더 불안해하는 우울증도 사라졌다. 아이의 모든 '처음'을 함께 할 수 있어서, 완전히 까먹은 내 어린 시절을 추억할 수 있어서, 내 시간과 체력을 모두 빼앗아가도 견딜 수 있다. 하루가 다르게 커가는 한 인간의 모습을 이렇게 가까이서 오랫동안 본 적이 없기에 나도 모든 것이 처음일 수밖에 없다. "모르는 사이 제법 커졌다…… 세상에, 이 세상에 소녀만큼 아찔하게 아름다운 건 없다"는 작가의 두근거림이 나에게 그대로 전달된다.

3주 뒤면 한 달 간의 일정으로 한국에 간다. 가족뿐 아니라 그동안 못 만난 친구와 못 먹은 음식들을 만날 것이다. 작년엔 혼자서 비행기를 탔지만 올해는 하나도 둘도 아닌 셋이서 지구 반대편으로 날아간다. 아마도 혼자서 즐기던 기내 안 콘텐츠는 단 한 개도 즐기지 못할 것이다. 그래도 품 안에 따뜻하고 소중하고 귀여운 '마이 리틀 원My little one'(미국 육아서에서 아이를 항상 이렇게 표현한다)을 품고 있을 테니 시간은 더 빨리 갈 것이다. 지루하고 지루했던 열네 시간의 비행이 어떤 모습으로 바뀔지 궁금해서 벌써부터 가슴이 뛴다. 물론 설레여서가 아니라 두려워서겠지만.

## 이 책에서 저 글로 가는 길

여전히 글을 쓰고 있는 임경선 작가는 8년 전에 "엄마는 소비하는 사람일 뿐 아니라 생산해내는 사람임을 아이가 자연스럽게 알았으면 좋겠다"라고 적었다. 나 역시 5년 후, 10년 후, 20년 후에도 아이에게 글을 생산해내는 사람으로 남고 싶다. 아이들은 어른들이 생각하는 것보다 훨씬 더 강하고, 우리는 그들이 잘 성장할 수 있도록 옆에서 지켜보는 것만으로 충분한지도 모른다. 이 말은 그 어떤 말보다 실천하기 힘들기에 여러 번 반복해서 적어야 한다. 자자, 수학 공식처럼 다시 받아적어 본다. "아이 인생의 주인공은 어디까지나 아이이고 부모는 어디까지나 초대받지 않은 조연"이다. 내 삶은 주연은 나, 네 삶의 주연은 너. 잊지 말자!

# 너무 좋은데 표현할 방법이 없을 때

일주일이란 시간이 지나고 또 하얀 워드창과 나랑 단둘이 마주하는 두 시간이 주어졌다. (지난주에 세 시간이라고 적어놓았는데, 남편이 왜 두 시간이 세 시간이 되었냐고 정정을 '당당히' 요구했다.) 나의 '그녀'가 이제 본격적으로 이유식으로 배를 채우기 시작했고 중간에 간식까지 챙겨줘야 해서 나는 정말 매일매일이 어떻게 흘러가는지도 모르게 주방에서 사는 기분이 든다. 손에 물이 마를 날이 없다는 걸 몸소 체험하고 있다. 그나마 요리를 어느 정도 할 줄 아는 단계에서 이 모든 육아를 짊어지게 된 게 얼마나 다행인지. 재료 하나하나를 저울까지 써가며 계량해 만드는 이들의 정성이 참으로 놀랍다. 새로운 식재료를 시도할 때마다 여기저기 검색해가면서 맛의 조화를 고려해 최대한 간을 하지 않아도, 내가 먹어도 맛있고 담백하게 요리하려고 노력한다. 이 정성으로 공부를 했으면 더 좋은 대학을 가지 않았을까,라고 가끔 식탁 의자에 앉아 생각한다. 오늘은 새우를 넣은 이유식을 처음 만들어봤는데, 고소한 맛이 덜한 것 같아서 감자를 추가해 넣어주려고 감자를 찌면서 이 글을 쓴다.

이렇게 내 모든 체력과 시간을 주어도 아깝지 않은 아이가 있어 너무 좋은데 달리 표현할 방법을 못 찾겠다. 세상에 내 새끼 안 예쁘다고 하는 부모가 있겠냐만은, 그래도 유달리 가슴 한구석이 찌릿하게 아플 정도로 귀여운 '지금의 아기'를 나만의 방식으로 표현해서 저장해두고 싶다. 스마트폰이 있어서 언제든 사진과 동영상으로 찍어둘 수 있지만, 작가로서 꼭 글로 담아두고 싶은 순간들을 어떻게 표현하면 좋을까? 아이의 사진은 공개할 수 없지만(그녀의 프라이버시를 지켜주고 싶다, 언제까지나) 글로는 얼마든지 자랑할 수 있는데 사랑이란 감정이 앞서서 그런지 쉽지가 않다. 객관적으로 자식을 바라보는 것이 거의 불가능하기 때문이다.

슬픔은 쏠수록 작아진다

"글쓰기라는 것을 시작하면서 여러분은 불안감을 느낄 수도 있고 흥분이나 희망을 느낄 수도 있다. 심지어는 절망감을 가질 수도 있는데, 그것은 자신의 마음속에 있는 생각들을 결코 완벽하게 종이에 옮겨적을 수는 없을 것이라는 예감 때문이다."

– 스티븐 킹, 《유혹하는 글쓰기》

타고난 이야기꾼인 스티븐 킹은 이미 갖고 있는 연장(낱말들)만 잘 챙겨도 충분하다고 말한다. 쉬운 낱말을 쓰면 왠지 평범하고 무식해 보이는 것 같아서 일부러 어려운 낱말만 찾아서 글을 쓰는 경우가 있는데 이것이야말로 (초심자가 저지르는) 실수라는 것이다. 처음 떠오르는 평이하고 직설적인 표현을 써서 꾸준히 글을 쓰다 보면 자신도 모르게 힘 있는 문장을 쓰게 되는 날이 온다. 그러니 지금 당장 내가 가장 좋아하는 아기의 사진을 쳐다보며 귀여움을 표현해보자.

그녀는 날 때부터 머리숱이 많아서 새까맣고 가느다란 머리카락이 납작한 머리통을 덥수룩하게 감싸고 있다. 나를 닮아 갈매기 날개처럼 그려진 눈썹 아래에는 검정 눈동자가 축 처진 눈꺼풀 안에서 반짝인다. 생후 6개월이 지나고 보이는 것이 더 많아졌는지 잠시도 눈동자를 가만히 두지 않고 이리저리 쳐다보기 바쁘다. 특히 자고 일어났을 때나 잠들기 직전에 지그시 나를 뚫어지게 쳐다보는 그 눈빛을 너무나 사랑한다. 이가 나려고 잇몸이 간지러운지 자주 무언가를 입에 넣고 씹고 있다. 빨대컵을 쓰게 되면서 고사리 같은 손으로 손잡이를 붙잡고 힘차게 빨대를 빨아 스스로 물을 마신다. 젖이 아닌 다른 음식을 먹다니, 정말 다 컸다는 생각이 든다. 어제는 배·망고 퓌레를 처음 줘봤는데 맛이 신지 양미간을 찡그리며 받아먹었다. 보는 내가 더 셔서 혼났지만 오물조물 잘도 넘기는 모습이 사랑스러웠다. 통통하게 젖살이 올라 항상 접혀 있는 다리 살을 만지작거리다 보면 나도 모르게 잠이 온다. 세상에서 제일 귀여운 게 우리 고양이 발바닥 젤리인 줄 알았는데, 우리 아기의 막대사탕 다섯 개를 붙여놓은 것 같은 발가락은 볼 때마다 깨물어주고 싶을 만큼 귀엽다.

자, 만족할 만한 글이 되었는가. 아니, 여전히 너무 좋은데 표현할 방법을 못 찾겠다. 묘사를 하면 할수록 지루하고

슬픔은 쏠수록 작아진다

평범한 것 같다. 글쓴이만 재미있고 독자는 흥이 깨지는 글은 내가 가장 싫어하는 건데 이 글은 실패한 걸까. 여기서 글을 멈추고 다시 써야 할까? 글쓰기가 일상을 바꿔준다고 자신 있게 이야기했던 것 같은데 나 자신도 구원해주지 못할 것 같다. 글로는 제대로 표현하지 못했지만 나의 사랑스러운 '그녀'는 10분 후에 도착할 것이다. 특유의 시크하게 웃는 얼굴로 나를 반겨주거나 배가 고파서 칭얼대거나 둘 중 하나이다. 무엇이 되었든 나를 무장해제시킬 것이 분명하다. 여기서 중요한 것은 언제나 '스토리'니까 기나긴 묘사를 집어던지고 아기의 귀여움이 내 글쓰기에 미친 영향력을 이야기해보자.

쓸모 있는 일만 골라서 하려고 했던 철저한 실용주의자인 내가 이제는 세상에서 가장 쓸데없어 보이는 일(기저귀를 갈거나 똥을 닦아주고, 아이가 입에 넣는 모든 것을 씻고 또 씻고, 반복해서 떨어뜨리는 장난감을 주워주거나 까꿍놀이를 수십 번 한다든지……)을 하는 데 전혀 두려움이 없다. 대화는커녕 단어도 말 못하는 아이와 보내는 무위의 시간을 사랑하게 될 줄은 꿈에도 몰랐다. 나를 잠시 딸에게 빌려주고 딸의 모든 처음을 함께하는 인생도 나쁘지 않다. 감정 표현이 서툰 남편은 매일 라이브로 말한다. "얼마나 예쁜지 몰라." "아, 귀여워." 그러니 '그녀'의 귀여움은 글로 저장해놓지 않아도 내 몸과 머리가 본능적으로 기억할 것이고, 이 기억들은 '그녀'가 내 곁에서 조금씩 멀어지더라도 나를 덜 슬프게 할 것 같다.

_____ 이 책에서 저 글로 가는 길

감자는 이미 익을 대로 익었고, 아기에게 먹일 간식을 준비한다. 오늘의 이야기는 여기서 끝나지만, 다음의 글쓰기는 같은 시간, 같은 장소에서 계속될 것이다. 마지막까지 스티븐 킹은 다음과 같이 나를 격려해준다. "글쓰기를 연습하되, 여러분의 소임은 자기가 본 것을 말하는 일이라는 점을 언제나 명심하라. 그리고 이야기를 계속 진행하라." 모든 부모는 자기 아이가 '지금이 가장 예쁠 때'라고 말한다고 한다. 그러니 계속 매 순간 예쁘다고 쓰는 수밖에.

슬픔은 쏠수록 작아진다

# 일 년 전의 나에게 말 걸기

아이스커피 한 잔을 타서 책상에 앉았다. '그녀'의 이유식을 먹이면서 쓰려고 생각해두었던 주제를 적어보았다. '책을 읽지 않고 글쓰기'. 오늘은 겁도 없이(?) 아무런 참고도서 없이 머리가 시키는 대로 쓰기로 마음먹었다. 그동안 읽었던 책에서 영감을 받아 글을 풀어내는 게 나의 오랜 작업 방식이었는데, 그것을 벗어나 쓰려면 힘이 두 배로 드는 것 같다. 미술에세이를 쓸 땐 미술 작품에 기대어 그 그림이 왜 좋고, 그림을 보기 전이나 후의 기분을 적다 보면 안 풀리던 문장도 풀릴 때가 있었다. 그런데 독서에세이는 무조건 다른 작가의 '책'이 필요했다. 하다 못해 영어 명언이라도 찾고 글을 시작했다. 자꾸 옆에 꽂힌 책들의 제목으로 눈이 돌아간다. 실비아 플라스, 무라카미 하루키, 밀란 쿤데라, 존 치버, 에쿠니 가오리, 진은영, 오규원, 권택영, 김애란까지…… 작가들이 써놓은 말들이 나를 유혹한다.

나는 독자에게 혹은 작가에게 글이 산으로 가는 것 같거나 첫 문장부터 쓰기 괴롭다면 우선 다른 일을 해보라고 말하곤 한다. 나 같은 경우에는 요가나 스트레칭부터 한다. 아니면 글을 쓰는 장소를 바꾸거나 컴퓨터에서 종이로 글을 쓰는 매개체를 바꿔본다. 지금 나는 두 시간의 시간제한이 있기 때문에 장소를 바꾸기보다 작년의 '나'를 떠올려보려고 한다. 과거의 '나'가 현재의 '나'에게 영감을 줄 때가 의외로 많기 때문이다.

작년 이맘때 나는 한국에 가 있었다. 시차 적응도 하기 전에 언니네 가족의 캠핑 스케줄을 따라갔다. 백 년 만에 찾아왔던 폭염의 전초전을 치르기 전이었지만, 임신한 몸으로 습기가 가득한 푹푹 찌는 날씨에 계곡가를 갔으니 그늘이 없는 곳에선 더워 죽을 맛이었다. 모든 사람이 나만 빼고 계곡물에 들어가 놀았다. 나는 혹시나 배 속의 아기한테 안

슬픔은 쓸수록 작아진다

좋은 영향이 갈까 봐 물가에 발만 담그고 있었다. 모든 것이 피곤하고 짜증이 났지만 딱 하나! 좋았던 건 내가 직접 요리하지 않아도 꿀맛 같은 밥을 먹을 수 있다는 점이었다. 아, 대형마트에서 파는 양념 닭갈비를 프라이팬에 볶기만 해도 맛있었다. 그릇까지 씹어먹을 기세였다. 입덧이 조금씩 사라지고 시도 때도 없이 배가 고프던 시절이라 하루에 다섯 끼도 거뜬히 먹을 수 있었는데, 엄마가 옆에 있으니 말만 하면 먹고 싶은 걸 바로 먹을 수 있었다. 잘 먹고 잘 자고 산책만 해도 칭찬받는 유일한 시절인 임신 중기를 한국에서 보낼 수 있어서 얼마나 좋았던지, 요즘도 가끔 그때가 꿈에 나온다. 물론 더워서 외출하면 타 죽을 것 같았던 폭염과 밤에도 에어컨 없이는 숨이 턱턱 막혀 잘 수 없었던 열대야에 대해서는 이야기도 꺼내지 말자. 하필 한반도의 폭염을 겪지 않아도 되는 타지인이 힘겹게 13시간 날아와 겪다니 운명의 여신은 항상 내게 견딜 수 있는 시련을 선물로 주는 게 분명하다.

마음만 먹으면 혼자서도 어디든 갈 수 있었던 그때와 달리 지금 내 옆에는 기분이 좋으면 옹알이를 하거나 소리를 지르고, 졸리거나 배가 고프면 크게 울면서 자신의 존재를 아침 점심 저녁으로 강력히 드러내는 아기가 있어 하루 종일 누가 도와주기 전까진 내 시간을 가질 수 없다. 고양이 한 마리, 남편 한 명을 돌보고 난 나머지 시간은 온전히 내가 하고 싶은 대로 할 수 있었던 과거의 내가 그리운 걸까? 그립기도 하고 어쩔 땐 지금이 좋을 때도 있다. 하나를 얻으면 하나는 반드시 잃게 된다는 걸 알기 때문에 얻은 한 가지를 생각하려고 최대한 노력한다. '나'로 가득했던 시절엔 몰랐던 따뜻한 아기와의 교감(언어를 초월한 감정이다)을 즐기고, 늘어난 남편의 웃음, 사랑과 정성을 쏟는 만큼 무럭무럭 자라는 딸의 모습을 보며 알콩달콩 사는 재미도 크다. 사람 많은 곳은 전염병 피하듯 싫어하던 우리 부부는 이제 일부러 아이들이 많은 곳을 찾아간다. 또래 아이들이 노는 모습을 보여주고, 서로 말하지 않아도 알 수 있는 육아의 스트레스를 공유하며 서로의 얼굴을 보고 웃다 보면 신기하게 시간이 잘 간다. 더군다나 지금 내가 사는 이곳은 아이들의 천국이라 말하는 미국 아닌가. 어딜 가나 아이들의 뛰노는 모습을 넋 놓고 바라보게 되는 묘한 밝음이 있다.

슬픔은 쏠수록 작아진다

이 모든 기쁨과 영광에도 불구하고 임신은 내가 평생 해본 일 중에서 가장 힘든 일이었다. 다시는 그 시절로 돌아가고 싶지 않다. 온종일 말 못하는 젖먹이 아기랑 시간을 보내는 것도 분명 아주 힘들고 쉽게 지치는 일이다. 아무리 아기가 봄날의 곰처럼 사랑스럽다고 해도 우리는 예전의 자기 자신을 버릴 수 없다. 이렇게 글을 쓰는 시간을 확보하지 않으면 아마 나는 미쳐 돌아버릴지도 모른다. 이렇게 작년의 '나'를 떠올리며 얻을 수 있는 건 무엇일까. 지금의 내가 얼마나 변했는가, 지난 일 년의 시간이 나를 얼마나 성장시켰는가, 전보다 책을 많이 읽지 못했는데 왜 이렇게 할 말은 더 많아졌는가, 결과적으로 독자들은 이런 나를 보고 어떤 것을 얻을 수 있는가. 이 책이 어디까지나 개인 일기장이 아니기에 여기에 지극히 개인적인 감상만을 남기기보다는 살아가는 데 필요한 감수성 하나라도 남겨야 한다. 결혼을 했든 안 했든, 아기가 있든 없든, 바삐 살아가는 모든 여성들에게 어렵게 주어지는 자기만의 시간을 글로 채운다면 일상이 어떻게 달라지는지를 끊임없이 이야기해주고 싶다.

정해놓은 시간에 글을 쓰면, 일주일 동안 제대로 일기도 쓰지 못하고 내 마음도 돌보지 못했다는 아쉬움을 달랠 수 있고, 살이 찢어지는 고통에도 불구하고 이렇게 살아남았다는 걸, 외로울 때나 슬플 때나 곁에 있어 주는 건 내가 지켜낸 글들을 위한 시간이었다는 걸 알게 된다. 돈이 없어 베이글 하나로 버티던 학부생 시절에도 전공 노트에 그날에 보았던 사람들과 읽었던 책에 대한 감상을 글로 채우면 배가 덜 고팠다. 전쟁 같은 출퇴근길을 견디고 몸에 맞지 않는 사회성을 쥐어짜며 다녔던 직장인 시절에도 세 권의 책을 쓰며 이따금 찾아오는 우울증과 잦은 소화불량과 두통을 이겨낼 수 있었다.

내 안의 모든 행복을 밀어내는 듯해서 진절머리 나게 싫은 부부 싸움 후에도 차분히 그날의 감정을 글로 풀어내면 제3자의 눈에서 그 싸움의 원인을 돌아볼 수 있었다. 외로운 건 둘째치고 살수록 힘든 일이 늘어나는 것 같은 타향살이에 지칠 때도 처음 이곳에 와서 행복해하던 과거의 '나'가 지금의 '나'를 위로한다. 책을 읽지 못하면 그동안 읽어온 소설과 에세이에서 배운 그와 그녀들의 독백을 떠올린다. 분명 서두에는 책에 기대지 않겠다고 다짐했는데, 마지

슬픔은 쏠수록 작아진다

막은 최근까지도 마음이 뒤숭숭하고 갈대처럼 흔들릴 때마다 성경책처럼 읽은《랩 걸》의 한 구절을 인용해야겠다.

> "내가 숨을 쉬는 한 그가 배고프거나 춥거나 엄마 없는 아이처럼 살지는 않게 될 것이라는 점을 알게 해주고 싶었다. 두 손이 다 있지 않아도, 주거지가 불명확해도, 사회적 예절이 부족해도, 사람들이 좋아하고 없어서는 안 된다고 생각하게 만드는 명랑한 성격이 아니더라도 상관없다고. 우리의 미래가 어떻게 전개된다 하더라도 내 첫 임무는 세상에 구덩이 하나를 파고 빌이 들어가서 괴팍한 자기 모습 그대로 안전하게 살 자리를 마련해주는 것이 될 것이다."
>
> ─호프 자런,《랩 걸》

호프 자런이 아버지를 잃은 동료 빌에게 하는 말이다. 위의 말을 적으며 조금 과장되게 눈물이 조금 났다. 이 말은 나와 남편, 그리고 나의 딸에게 해주고 싶은 말이다. 사람들이 좋아하는 명랑한 성격이 아니어도 상관없다. 나도 완벽한 사람이 아니기에 괴팍한 서로의 모습 그대로 안전하게 살 자리를 서로에게 내주는 집이 되어주면 그만이다. 이 단순한 관계의 법칙을 깨닫기까지 나는 일기장에 너무나 많은 불만을 쏟아냈었다. 왜 그는 그걸 그냥 넘어가지 않는 걸까. 왜 나는 더 친절한 사람이 아닌가. 이제는 그가 사소한 것도 그냥 넘어가지 않아야 마음이 편해지는 사람이란 걸 알고, 나는 친절한 사람은 아니지만 가까워지면 더없이 살가워질 수 있는 사람이란 걸 서로가 안다. 쓰다 보면 확실해지는 것들이 있어서 다행이다. 주변에 읽을 만한 책이 없다면, 딱 일 년 전 자신에게 말을 걸어보면 어떨까.

───────────────────── 이 책에서 저 글로 가는 길

생산적인 일은 아무것도 할 수 없는 상황에서도 우리는 단한 줄의 글은 남길 수 있다. 풀브라이트 상을 세 번이나 수상한 유일한 여성 과학자인 호프 자런도 임신 기간이 자기 인생에서 가장 힘들었다고 고백한다. 아기가 태어남으로써 인생의 일부분이 끝날 것이라는 사실에 슬퍼하는 그녀를 보며 내가 임신 기간 중에 썼던 우울한 글들에게도 동료가 생긴 것 같아서 기쁘다. 책은커녕 내가 먹는 모든 것을 토하게 만

슬픔은 쓸수록 작아진다

드는 아기를 원망하던 시절이 부끄러웠는데, 그럴 필요가 없다는 걸 여러 여성의 글을 통해 알 수 있다. "여자들은 모두 강해요." 맞아요, 강해지지 않으면 엄마가 될 수 없는걸요. 태교일기며 육아일기며 무엇이든 간에 무조건 써두면 우리 자신이 얼마나 강하고 동시에 약한 존재인 걸 담담한 기록으로 남길 수 있어서 좋다. 기록은 그것이 사적이든 공적이든 무한한 힘을 가지고 있다. 후에 어떤 재판에 휘말리게 되더라도 이 기록은 우리를 지켜주는 소중한 증거가 된다.

# 어디서든 메리 크리스마스

이제 곧 크리스마스가 다가온다. 미국에서 보내는 네 번째 크리스마스다. 첫 번째 크리스마스 때는 아무것도 모르고 시카고 여행을 가서 문이 다 닫힌 텅 빈 거리를 춥게 걸어야 했다. (어쩐지 물가가 비싼 시카고에서 이 시즌 호텔숙박료가 참 싸더라…니만.) 이들도 최대의 명절에는 모두 집에서 휴식을 취한다. 북적이는 거리가 설날이나 추석 명절에는 한산해지는 것처럼 크리스마스 날에는 미국의 온 거리가 텅텅 비어버린다. 사람도 차도 자취를 감춘다. 서울 시내의 화려한 크리스마스 트리를 기대했던 나는 조용히 호텔방에서 남편과 집에서 가져온 컵라면을 후후 불어 먹는 걸로 만족해야 했다.

슬픔은 쓸수록 작아진다

작년 크리스마스는 만삭의 몸으로 힘겹게 보냈다. 한국에서 엄마가 오셔서 매일 만찬을 즐겼지만, 그 덕분에(?) 아이가 좀 무겁게 태어났다. 막달에 그렇게 먹어대면 아이는 반드시 3킬로그램이 넘게 되어 있다. 고양이가 있는 집에서 트리는 꿈보다 먼 이야기라 쇼핑몰에 있는 크고 촌스러운 트리 앞에서 작게 소원을 빌었다. 순산을 바란다고, 그 이상도 그 이하도 바라는 것이 없다고. 내년 크리스마스에는 걸어다닐지도 모를 아이와 함께한다고 생각하니 기분이 아주 묘했다. 아직 내 배 속에서 조그만 발을 팡팡 차고 있는 그 아이의 실체가 너무 궁금했다. 태어나기 전부터 존재감이 너무 커서 숨이 차는 그런 아이의 손, 머리, 얼굴, 발이 너무 보고 싶었다.

올해의 크리스마스는 비행기 안에서 보내게 생겼다. 6개월 전 만 해도 아이를 데리고 비행기 타는 일은 한동안 절대 없을 거라고 다짐했지만 한국에서 일이 생겼고, 아무 할 일이 없는 이곳에서의 겨울이 두려워 이번엔 더 오래 한국에 머물 예정이다. 아직 걷지는 못하지만 혼자 서서 놀고, 혼자 소파 위를 올라갔다가 내려오는 것이 가능한 '움직이는 기술'을 가진 아이와의 비행이 벌써부터 걱정된다. 차라리 누워만 있던 시절엔 베시넷에 눕혀서 재우면 됐는데, 이젠 그것도 힘들다. 무조건 안고 있어야 할 것 같다. 후, 나의 크리스마스는 이번에도 조용하지 않을 것이다. 값이 싸지도 않으면서 맛은 평범한 파리바게트나 뚜레쥬르에서 크리스마스 케이크 정도는 사먹고 싶었는데, 시차를 견디고 그것을 사러 나갈 것 같진 않다. 무엇으로 크리스마스 분위기를 내야 할까. 영화 〈유브갓메일〉이나 〈러브 액츄얼리〉를 한 번씩 더 봐야 할까. 그럴 시간이 내게 주어지긴 할까.

왠지 크리스마스에는 무조건 행복해야 할 것 같다. 나의 행복 뒤에는 언제나 글쓰기가 있다. 왜일까. 기록해두면 까먹지 않고, 불행한 순간에 가방에 있는 군밤처럼 하나씩 야금야금 추억을 까먹을 수 있으니까. 아이는 시간별로 크고, 나는 시간별로 늙어간다. 크는 이야기만큼 늙는 이야기도 생명력이 있다. 몇 번의 크리스마스를 함께 보내게 될지 모르지만 매년 조그만 일기장을 선물해주고 싶다. 거창하지 않아도 되니 너만의 추억을 문장이나 그림으로 남겨보렴. 작가 엄마의 욕심일 테지만, 그래도 산타할아버지에게

슬픔은 쓸수록 작아진다

매년 편지를 쓰는 것도 꽤 괜찮은 우리만의 이벤트가 될지도 모르니 말이다. 아, 산타할아버지가 엄마 아빠라는 건 조금 늦게, 더 늦게 알수록 좋을 테니 엄마 아빠는 더 부지런히 너를 속일 준비를 해야겠구나.

(후기 : 비행기에서의 크리스마스)

걷지 못하는 11개월 된 아이와 함께 비행기에서 보낸 크리스마스는 아마 내 생애 가장 최악의 크리스마스로 기억될 것이다. 떠나오기 며칠 전부터 엄마에게만 안기려고 했던 아이 탓에 10시간이 넘는 시간 동안 아이를 안고 서 있었던 것 같다. 난 분명 좌석을 예약했는데 입석을 끊은 것과 같았다고 해야 하나……. 여행사에서 깜박하고 항공사에 베이비밀을 신청하지 않아 내가 집에서 챙겨온 한 끼 분량의 이유식으로 아이 끼니를 버티고, 승무원이 챙겨준 바나나와 아기 과자를 간식으로 먹였다. 돌아다니면서 자는 아이가 행여나 베시넷에서 일어날까 봐 아이가 잠들어도 잠자지 못했던 악몽 같은 시간은 지상에서의 육아를 더 수월하게 만들어주는 계기가 되었다. 아, 나는 이제 세상에서 비행기가 제일 싫다.

2016년, 미국에서 보냈던 두 번째 크리스마스에는 남편과 집에서 김치만두를 직접 만들어 먹었다. 한인마트에서 파는 김치만두는 씹히는 게 만두피뿐인 듯 부실한 맛이 슬퍼서 해 먹기로 마음먹고 비장하게 장을 봐왔다. 남편이 김칫소를 털어내 다지고 두부, 돼지고기, 부추, 당면 등등을 넣은 양념의 물기를 빼주었다. 같이 만두피에 소를 넣고 빚지 않았으면 다음 날까지 계속 만두를 빚고 있었을지도 모른다. 한국에선 흔하디흔해서 쳐다보지도 않던 김치만두를 온 하루를 다 투자해서 만들고 찜기에 쪄서 둘이 게 눈 감추듯 점심 저녁으로 25개씩 해치워버렸다. 짜지도 않고 고소하고 담백하고 매콤했던 우리의 그 어설프지만 맛있었던 김치만두! 두고두고 먹고 싶어 남은 만두를 소중하게 포장해 냉동실에 넣었지만 그다음 날 다 먹어버렸다……. 그래서 이제 크리스마스에는 케이크보다 남편과 빚었던 김치만두가 더 생각난다. 뜨거운 만두를 호호 불어먹었던 그날의 분주함이 생각나 웃음이 난다. 그 어떤 책에서도 크리스마스에 김치만두를 빚어 먹었다는 내용은 찾지 못해 인용을 포기한다.

# 언제나 밤은 나에게 후했다

모두가 잠든 새벽. 나는 평소처럼 빚에 쫓기듯 잠을 청하지 않고 오랜만에 컴퓨터 앞에 앉았다. 이곳이 진짜 나의 고향이구나. 그런데 나와 언제까지나 함께할 것 같던 나의 고양이, 두루가 이제 내 곁에 없다. 온 집 안을 마음껏 돌아다니던 예전 생활로 돌아가지 못해, 한 사람에겐 영영 가족으로 인정받지 못하고 계속 작은방에서 혼자 지내게 하는 게 마음에 걸려 어렵게 다른 집으로 보냈다. 가족 하나가 사라졌지만, 육아라는 빡센 일정 때문에 슬픔을 느낄 새도 없이 하루가 잘도 간다. 이렇게 새벽에 책상에 앉아서 글을 쓰는 것도 아주 큰일처럼 느껴지는데, 2년을 함께한 고양이를 떠나보낸 슬픔에 젖어 있는 건 내겐 사치인 것만 같다. 물론 계속 두루의 울음소리가 환청으로 들리고 꿈에 나와 계속 밥과 물을 달라고 보챈다. 책 사진보다 많이 찍었던 두루의 사진이 보일 때마다 그리운 마음이 바쁜 나를 멈추게 한다.

낮에는 새로 들어온 소설 원고를 시간을 쪼개고 쪼개서 교정을 보고, 틈틈이 책도 읽고, 달리기도 하고, 사람들도 만나느라 정신이 없다. 아이가 커가면서 플레이데이트 playdate의 소중함을 알기에 바닥났던 사교성과 체력을 끌어모아 밖으로 나간다. 씩씩하게 너무나 재빠른 준비과정을 거쳐서 말이다. 임신한 몸의 나라면 상상도 못 할 일들이라 더 감회가 새롭다. 누가 육아가 임신·출산보다 힘들다고 했던가. 힘듦의 종류가 다르지만, 눈앞에서 아이가 커가는 모습을 지켜볼 수 있는 지금의 시간이 백만 배 좋다.

내가 쓴 미술에세이가 세상에 나온 지 한 달이 넘었고, 이 먼 타국에서 내 책을 홍보할 방안도 찾지 못한 채 시간을 보내고 있다. '북 토크'라는 것을 언제 했던가. 블로그 이웃들과 독서 모임을 했던 적은 언제였던가. 주변에 책 이야기를 나눌 이가 한 명도 없다는 사실이 나를 가장 슬프게

슬픔은 쓸수록 작아진다

한다. 다음 책은 비공개로 쓰고 있기 때문에 사람들의 반응이 더 궁금하다. 지금 '이' 글을 쓰면서도 '그' 글을 써야 한다고 불안해하고 있다. 이런 나의 불안을 들킬까 봐 쓰고 고치고, 고치고 또 읽다 보면 전체공개가 곧 비공개로 전환된다. 계속 쓰다 보면 아마도 책의 큰 그림이 보일 것이다. 언제나 그랬듯이. "매력적인 그림이란 그저 잘 그린 그림만이 아니라 역시 그 사람밖에 그릴 수 없는 그림이 아닐까요. 그런 걸 그려가고 싶습니다"라고 했던 일러스트레이터 안자이 미즈마루의 말을 늘 곁에 둔다. 나밖에 쓸 수 없는 글이라는 것이 보일 때까지 쓰고 싶다.

그전에, 다가오는 11월에 시애틀에 가기 위해서 그리고 출판사와의 약속을 지키기 위해선 10월 말 전에 초고 교정 마감을 해야 한다. 글을 차분하게 고치면서도 자꾸 먼 미래를 걱정하고 있는 걸 보면, 육아가 주는 육체적 스트레스가 원래 없던 불안 증세까지 불러오는 듯하다. 내 마음대로 일할 시간을 조절했던 과거가 그리워 괜히 화가 난다. 아, 나에게 하루에 단 두 시간이라도 온전히 집중할 수 있는 시간이 주어진다면 단숨에 저 원고를 고칠 수 있을텐데…… 이 모든 불안과 분노에도 불구하고 자는 동안에도 자라는 아이가 사랑스럽고, 가벼워진 내 몸이 그 어느 때보다 좋고, 나보다 더 좋은 주인에게 간 나의 고양이의 앞날도 기쁘게 축복할 수 있다. 항상 잠이 부족한 상태에서 시작되는 육아 전쟁에도 불구하고 시간이 빨리 가는 것이 아깝다. 삶은 큰 사건·사고보다 이렇게 작은 기억들로 조금씩 지탱이 되는 것을 알기에. 단 한 번도 큰 성공을 바란 적이 없었기에 가능한 유유자적함일 것이다. 밤에는 언제나 나에게도 세상에게도 인정이 후해진다. 그래서 밤에 글을 쓰고 나면 디톡스를 한 것처럼 활력이 생기는지도 모르겠다.

……애석하게도, 나는 소설 한 권을 통째로 편집할 시간을 내지 못해서 국내 소설 편집도 시애틀 여행도 포기했다. 일을 해야 하는데 아이를 맡길 데가 없어서, 아이가 잠든 밤마다 교정을 보려고 했는데 밤에도 아이는 나를 놓아주지 않았다. 언제 깰지 모르는 돌 이전의 아이가 있는데 예전처럼 일할 수 있을 거라고 생각한 내 잘못이다. 나의 헛된 욕심이었다. 아이는 잘못이 없는데 자꾸 아이를 탓하게 되는 것이 싫어서 눈물을 머금고 모든 것을 내려놓았다. 그리고

남편이 내게 시간을 주면 이 책을 찬찬히 써가며 마음을 다 잡아갔다. 만약 친정 엄마가 있는 한국에 오지 못했다면, 아마 나는 이 책도 완성하지 못했을 것이다.

─────────────────── 이 책에서 저 글로 가는 길

프리다 칼로의 그림을 시인 박연준의 눈으로 바라본《밤은 길고, 괴롭습니다》에 이런 그림 번역이 있다. "탄생이 성공하면 죽음이 가벼워지고/ 죽음이 성공하면 탄생이 가벼워지는/ 놀이, 데칼코마니처럼/ 서로를 머금고/ 쪼개지는/ 이별의 탄생/ 탄생의 이별" 여름이를 낳고 두루와 헤어졌던 나의 허전한 마음을 번역해주는 기분이 든다. 밤이 있어서 낮이 빛나고, 낮이 있어서 밤이 더 소중하다는 것을 절절히 고백하는 이 책은 내가 아주 탐나게 읽는 작품이다. 시인과 소설가들이 쓰는 산문집은 왜 이렇게 다들 탐스러운지 모르겠다. 느긋하게, 촘촘히, 스트레스를 받는 그녀처럼 불안정할 때마다 나도 글쓰기를 생명수처럼 받아먹고 밤마다 새로 태어난다.

# 결혼을 해도 외로운 건

　나쁜 일을 쉽게 잊어버리는 나도 쉬 잊지 못하는 일들이 몇 가지 있다. 우는 엄마, 출산했던 그날 밤, 밑바닥까지 내보인 부부 싸움 같은 것들. 결혼은 정말 내가 상상했던 것보다 더 삶의 거대한 변화였고, 아주 많이 나를 뒤돌아보게 만드는 것이었다. 겁도 없이 사랑하니깐 결혼을 해야겠다고 생각했던 '과거의 나'에게 지금 쓰는 이 글을 보내고 싶다. 너, 조금만 더 오래 '너로 가득한 세상'에서 살아보지 않을래? 아니면 너 자신이 아닌 다른 사람들을 위해 너를 나눠줄 자신이 있으면 한번 해봐.

　이미 저지른 일이고, 아이까지 태어난 마당에(?) 나는

　　　　　　　　　　　　　　슬픔은 쏠수록 작아진다

결혼 생활에 충실하기로 매일 마음먹는다. 알고 지내온 세월이 아주 긴 우리 부부는 서로의 "내면에 존재하는 폭풍과 모래 구덩이"에 대해서도 잘 알고 있다. 그래서 함께 있으면서 아무 말 안 해도 편안하다. 한결같이 나를 아껴주는 남편과 매일 새로운 귀여움을 보여주는 딸 아이가 없는 인생은 이제 상상조차 할 수 없다. 그렇지만 결혼해서 남편과 의견 차이를 겪을 때마다, 그가 자기는 결혼과 맞지 않는 사람인 것 같다고 체념을 늘어놓을 때마다, 내가 모든 것을 포기하고 혼자 있고 싶을 때마다 지독하게 외롭다. 천둥 번개가 치는 바닷가에 버려진 것처럼 절망적이다. 아무것도 하고 싶지도 않고, 당연히 아무것도 먹지 않고 지하 깊은 곳에 숨어버리고 싶어진다. 아이를 키우면서 가끔씩, 솔직히 자주 한숨을 쉬게 되었다. 하루 종일 아이와 시간을 보내고 힘들게 아이를 재운 밤이면 밤마다 '대체 내 인생은 언제 되찾을 수 있을까'라는 질문에 쉽게 잠을 자지 못한다. 끝이 보이지 않은 터널에 갇힌 기분이 든다.

이러한 질문에 답을 찾기 위해 책을 읽어보라고 충고하지만, 고민이 많을 때 책을 읽으면 다른 사람의 고민까지 보태진 것 같아서 부담스럽다고 말하는 사람들이 있다. 도리스 레싱의 소설이 특히 내게 암울한 고민을 안겨준다. 다행히 나는 직업이 작가라 그런 불편함이 좋다. 그녀의 단편 소설은 붕괴되는 결혼제도 혹은 모성에 포커스를 맞추고 있는데 서늘한 심리 묘사가 압권이라 내가 결혼제도에서 느끼는 한계의 민낯을 글로 대면한 기분이 든다. "이것은 지성의 실패에 관한 이야기라고 할 수 있다. 롤링스 부부의 결혼 생활은 지성에 발목을 붙잡혔다"라는 문장으로 시작하는 〈19호실로 가다〉는 최근 내가 읽은 소설 중 가장 강렬하게 나에게 글쓰기 욕구를 불러일으킨 작품이다. 이 작품을 읽으면서 왠지 열 개가 넘는 꼭지를 쓸 수 있을 것 같다는 착각마저 들었다. 살면서 이런 작품을 많이 만나면 반드시 내 글을 쓰게 되어 있다.

정원이 딸린 저택에서 네 아이와 함께 '행복하게' 살고 있는 매슈와 수전은 누가 봐도 완벽에 가까운 부부이다. 작가는 배우자, 아이들, 집, 정원을 위해 각자의 위치에서 노력하는 부부를 솜씨 좋게 묘사하는데 삶의 중심을 '이것'이라는 말로 객관화하여 이야기를 전개한다. '이것'은 일이거나 사랑일 수도 있다고. 분명 두 사람 사이에는 사랑이 존재한다고 주장한다. 하지만 남편의 외도로 이 모든 것이 무너진다. 통속적인 줄거리지만 도리스 레싱은 절대 이야기를 뻔하지 않게 이끌어간다. 항상 자기만의 인생을 살아가며 스스로 돈을 벌던 여자가 집과 아이들에게 구속되어 바깥세상의 이야기를 모두 남편에게만 의존하게 되었을 때의 그 박탈감(!)을 차분하게 풀어나간다. 점점 집의 부속품이 된 것 같아 숨이 막히던 수전은 남편에게 당당히 돈을 요구하고 가사도우미에 베이비시터까지 구해달라고 말한다. 지성의 힘으로 남편의 외도를 눈감아 주었지만, 그녀의 인생은 이미 사막처럼 황폐해졌다. 아름다운 수전은 집에서 자신만의 공간에 머물러 있다는 건 불가능하다는 걸 깨닫고 호텔방을 빌려 혼자만의 시간을 보낸다. 아이들이 학교를 가고 독립을 하면 자기만의 삶이 있는 여성으로 되돌아갈 수 있을 거라고 믿으면서……. 후회가 분노가 되고, 분노가 곧 광기로 변해가는 한 여성의 치열한 '자아 찾기' 결말은 책을 직접 읽고 확인하면 된다. 결혼한 여자로서 나는 그녀의 독립을 열렬히 응원했다.

결혼은 해도 후회, 안 해도 후회라는 말에는 다양한 시나리오가 내포되어 있다. 결혼해서 좋은 점이 있고 나쁜 점이 있듯이, 혼자 살면 분명 좋은 점과 나쁜 점이 동시에 존재할 것이다. '행복한 결혼 생활'을 유지하려면 많은 대가가 따르고, '자유로운 싱글 생활'에도 많은 노력이 필요하다. 여기서 내가 강조하고 싶은 것은 결혼을 했기 때문에, 결혼에 대한 이야기에 더 많이 공감하고 더 많이 쓰게 되었다는 것, "아, 미치도록 혼자이고 싶다"라는 테마를 수없이 변형해서 이야기로 풀 수 있게 되었다는 사실이다. 살면서 나 자신 이외의 존재에 대해 진지하게 이해해보려고 오랫동안 노력했던 사람은 우리 남편밖에 없다. 그러니 나는 결혼을 하지 않았더라면 이토록 한 인간에 대해 간절히 알고 싶다고 생각하지 않았을 것이다. 상대방을 이해하고 받아들이지 않으면 결혼은 유지될 수 없고, 유지되더라도 쇼윈도 부부가 되기 쉽다. 쇼윈도 부부로 살 바에야 차라리 이혼하겠다는 의지가 강하니 오늘도 그를 이해하기 위해 무진장 노력하고 있다.

아담 드라이버, 스칼렛 요한슨 주연의 영화〈결혼 이야기〉는 파경을 맞이한 부부의 심리상담용 편지로 시작한다. 남편은 뉴욕에서 극단을 운영하는 대애단하신(!) 예술가이고, 부인은 영화 한 편으로 유명해진 영화배우이자 남편 극단의 소속 연극배우이다. LA가 고향인 부인이 결혼 후 딱 일 년 만이라도 LA에서 살아보자 그랬건만(결혼할 때 약속했던 사항이다), 그는 뉴욕에 자신의 위대애한(!) 일이 있는데 어떻게 일 년이나 자리를 비울 수 있겠냐며 항상 미뤘다. 그는 이혼을 당해도 마땅한데 억울한 것투성이다. (더군다나 자기가 한 외도에도 핑계를 대는 클리셰를 범한다.) 한 사람이 다른 한 사람의 소유물이 되는 것은 비극이다. 극단 일에 집안일에 육아까지 도맡아 하는 여자는 대체 무슨 죄를 지었길래 결혼 생활을 유지해야 하는 건가. 스포일러지만, 그는 이혼 소송을 당하고 나서야 LA로 건너온다. 영화는 사랑해서 결혼한 이들의 비극을 열린 결말로 열어두지만, 나는 그녀가 엄마와 언니가 있는 햇살 가득한 LA에서 배우로 재기해 남편에게 다시는 문을 열어주지 않길 바라본다. 하지만 그는 아이의 '아빠'이니 영원히 보지 않고는 못 살 것이다. 이래서 결혼은 죽어야 끊어질 질긴 연이다. 한 번 할 때 신중하게 해야 하는데 우리는 미래를 보지 못하니 결혼의 비극은 영원한 글쓰기 테마가 된다.

# 왜 원고는 밤에만 써지는 걸까

이제 낮에도 글 쓸 시간이 생겼는데 딴짓들을 하느라 반나절이 의미 없이 흘러간다. 시간을 무한정 붙들고 싶은 데, 나는 할 일이 엄청 많은 14개월 아이를 둔 '엄마' 아니던가. 시간이 있을 때 끼니를 챙겨 먹어야 하고, 아이가 잘 때 부족한 잠을 자야 한다. 오랜만에 한국에 들어와서 가야 할 병원도 많고, 왠지 모르게 심적으로 바빠서 벌써 미국으로 돌아갈 날이 두 달 앞으로 다가왔다. 글 쓸 시간이 있어도 해가 창창하게 떠 있는 낮에는 마음에 드는 글을 쓸 수가 없으니 이렇게 저녁 시간에 집을 뛰쳐나오는 일이 반복된다. 학창 시절에도 새벽에 공부하는 게 습관이 되어서 문제였는데 나이가 들어서도 이러니 '올빼미형' 작업 방식이 내 천성에 맞는가 보다.

《예술하는 습관》에서 노벨문학상 수상 작가 도리스 레싱은 아들 피터와 함께 지내면서 돌봐야 할 아이를 가진 덕분에 살아갈 수 있었다고 말한다. 아이가 없었다면 술을 마시며 자신의 재능을 자랑하기 바쁜 예술가들 사이에서 헤어나오지 못했을 거라고⋯⋯. 레싱은 아이를 학교에 보내고 약간의 쇼핑을 하고 진짜 자신의 하루를 시작했다. 나는 아직 아이가 어려서 조용하고 어두운 곳에 갇히려면 계속 친정 엄마 옆에 살거나 아이를 어린이집에 오래 맡겨야 한다. 아이가 있어서 글쓰기에 큰 제약이 생긴 것도 사실이지만, 도리스 레싱처럼 "몽상마저 생산적으로 해야 한다"는 압박감이 마감을 지키게 만들기도 한다. 아이와 떨어져 있는 시간만큼은 허투루 보내고 싶지 않아 더 긴장해서 그날의 원고량을 채우게 된다. 그럼에도 낮에는 레싱이 언급한 '집중하는 길'이 너무 길고 길어서 생산성이 확 떨어진다. 오후에 내 곁으로 돌아오는 아이를 위해 아침부터 낮 2시까지 반드시 작업을 해야 하는데, 어떻게 하면 이 꿈 같은 나만의 시간에 글에만 온전히 집중할 수 있을까?

슬픔은 쏠수록 작아진다

우선, 집 밖으로 나온다. 내게 《작은 아씨들》의 루이자 메이 올콧처럼 '기분 베개'는 없지만 아이패드와 아이폰만 챙겨서 전투복처럼 옷을 제대로 차려입고 카페에 나와 앉으면 기본적으로 글을 쓰게 되어 있다. 집 안에서는 집안일을 처리하느라 시간의 블랙홀에 빠지기 쉽다. 그러니 집 안만 벗어나도 낮에 글을 일정하게 쓸 수 있다. 대신 조건이 있다. 큰 대형 프랜차이즈 카페일 것, 화장실이 가까운 자리를 확보할 것, 무엇보다 배를 채울 수 있는 베이커리 메뉴가 있을 것. 작고 아담한 단골 카페도 좋다고 하지만, 나는 언제나 익명으로 존재할 수 있는 널찍한 곳이 좋다.

두 번째, 그날의 기분을 글로 표현해주는 '오늘의 책'을 고른다. 내게는 책을 읽어야 비로소 책을 쓸 수 있는 습관이 있다. 오늘도 제목을 먼저 정하고 《예술하는 습관》을 골라 다운받아 읽고 이 원고를 쓴다. 《리추얼》을 통해 알게 된 작가 메이슨 커리의 신작이라 장바구니에 담아놓았다가 어떤 작가들이 나처럼 밤에만 원고를 쓰나 궁금해서 샀다. 당근 케이크를 만들면서 소설의 핵심 장면을 그리고, 세탁기를 돌리면서 편집하고(아, 나의 지난주가 딱 이랬다!), 작업에 사로잡혀 인간관계에 소홀해진 여성 작가들의 '예술하는 습관'이 가득해서 읽는 내내 자극을 받는다. 세상의 모든 여성 작가들과 친구가 된 느낌이 든다.

마지막으로 역시 걷는다. 아침 일찍 나와 무조건 조금 걷는다. 매일 작업하는 카페까지 걸어오는 데 딱 11분이 걸린다. 이렇게나마 조금이라도 걷다 보면, 열심히 글을 쓰고 싶은 것들이 생긴다. 이 항목은 이 책에서 수없이 반복할 테니 지겹더라도 계속 들어주시길⋯⋯. 뉴욕에 사는 작곡가 울프는 아침 7시 30분에서 8시에 일어나 개를 데리고 허드슨강으로 산책을 하고 아침을 먹고 커피를 마신 후 일을 하러 간다고 한다. 개를 데리고 허드슨강을 산책한다니⋯⋯ 너무 낭만적으로 들리는 말이지만, 아침 산책은 한강에서 하든, 현재 내가 머물고 있는 도봉구 어느 동네에서 하든 멋진 동기부여가 된다. 미국에서도 남편이 일하고 있는 유럽풍 캠퍼스를 걷다 보면 아무 벤치에나 앉아 글을 쓰고 싶어진다. 산책과 커피에는 글쓰기를 돕는 요정이 살고 있는 게 분명하다.

《예술하는 습관》에서 스텔라 보엔은 이런 말을 한다. "예술을 추구하는 것은 단순하게 그럴 시간을 내느냐 마느냐의 문제가 아니다. 자유로운 영혼을 가지느냐 마느냐의 문제다." 그렇다. 시간이 문제가 아니라 시간의 틈 사이에서 자유로운 영혼을 가지고 예술에 매진하느냐가 중요하다. 그러니, 시간이 없다는 핑계는 이제 그만두고 아침 일찍 직장인처럼 나와 글을 쓰자. 독자들이 "아직 살아계시나요?" 묻지 않도록 꾸준히 신작을 내야 한다. 조용하게 글을 쓰는 시간을 확보하지 못하면, 손발을 바쁘게 놀려 머리를 쉬게 하는 것도 좋은 방법이다. 쓸 수 없다면, 쓰고 싶은 것들이 생기도록 몸을 움직여 빈 공간을 만드는 것이다.

# 육아란, 죽도록 지루한 것

　인정할 건 인정하자. 귀여운 내 자식도 하루 종일 같이 있다 보면 안 귀여운 순간이 있다. 그리고 아이와 노는 건 정말이지 지루하기 짝이 없는 일이다. 동화책이 아무리 그림이 예쁘고 내용이 사랑스럽다고 해도 그걸 수백 번 읽어주다 보면 지겨울 수밖에 없다. 더군다나 나는 유명 작가들이 쓰는 중문과 복문 구조를 특별히 사랑하는 문장 노동자 아닌가. 블록 쌓기, 공 던지기, 박스에서 인형 빼기, 선 긋기, 스티커 붙였다 떼기 등등 아이와 함께 하는 (수없이 반복하는!!!) 놀이는 항상 나의 인내심을 테스트한다. 아이는 환하게 웃거나 혹은 짜증을 내는 것으로 하루를 시작하는데 확실한 것은 집에서 가장 작은 보스가 눈을 뜨는 것과 동시에

슬픔은 쓸수록 작아진다

나는 그녀를 시중들기 바쁘다는 사실이다. 대체 '나만의 시간'은 언제 되찾게 되는 것일까…… 이런 의문을 품는 것도 그녀와 24시간 붙어 있을 땐 사치다. 내 몸 씻을 시간도 없는데 제발 "오늘 하루 종일 뭐했어?"라고 묻지 말아 달라고 매일 밖을 나가는 남편에게 소리치고 싶다.

한국에 와 있는 4개월 동안 아이를 어린이집에 보내고 이렇게 글 쓸 시간과 몸과 얼굴을 마사지할 시간, 커피를 천천히 마실 시간을 확보한 나는 세상 그 어떤 부자도 부럽지 않다. 꿈이 점점 소박해지지만, 임신·출산을 겪으며 몸이 건강하면 뭐든 할 수 있다는 긍정적인 자세를 자연스럽게 마음에 걸치게 되었다. 물론 아이가 정성스럽게 만든 밥을 뱉거나, 아무거나 입에 넣거나, 입고 있는 옷을 벗어재끼거나, 잠투정을 부릴 때는 심장 깊은 곳에서부터 분노가 치밀어오르지만 아이가 한 번만 웃어주면 금방 잊어버리게 된다. 그래, 잠시 나를 아이에게 맡기고 불행보단 행복에 가까운 감정들을 더 자주 떠올리며 살자. 그렇게 살자고 최면을 건다. 《엄마 같지 않은 엄마》 같은, 옛날의 나라면 절대 거들떠보지도 않았을 육아서도 읽는다. 아들 둘을 둔 그녀도 출산 전에는 절대 친구로 지내지 않았을 사람들과도 잘 지내는 자신을 칭찬한다. 육아서까지 챙겨 읽게 되자 독서 스펙트럼을 한 단계 넓힌 기분이 든다. "사방이 네모나고 냄새나고 정신 사나울 정도로 시끄러운" 키즈 카페를 사랑하게 된 지금의 나도 나쁘지 않다.

육아는 창작을 방해하지만 동시에 자극한다. 엄마들은 "애들 먹이랴, 화장실 데려가랴, 제멋대로 구는 아이 진정시키랴" 정신이 하나도 없지만 공통 분모가 많아서 모이면 수다가 끊이질 않는다. 그토록 싫어했던 수다마저 사랑하게 된 나는 그들과 나눈 대화에서 글 쓸 소재를 찾기도 한다. 왜냐하면, 세상 모든 엄마는 위대하니깐. 미국에서 아이 둘을 혼자 키우고 있는 내 친구도, 초등학생 한 명과 18개월 된 아이를 데리고 비행기에 탄 옆자리 엄마도 다 존경스럽다. 아이들을 키우면서도 집을 모델하우스처럼 깔끔하게 유지했던 우리 엄마와 시어머니의 부지런함에도 박수를 쳐주고 싶다. 학교에서 돌아오면 언제나 청소가 되어 있던 집, 따뜻하게 준비되어 있던 간식, 깨끗하게 빨아진 옷가지들을 당연하게 여겼던 과거의 나여, 반성하라.

장수연 라디오PD의 《처음부터 엄마는 아니었어》에는 위로가 되는 문장이 많은데 특히 나는 이 부분을 좋아한다. "절대적으로 강자인 내가 철저히 약자인 누군가에게 가슴 깊이 우러나는 존중감으로 최선의 배려를 하는 것, 자식이 아니면 내가 누구를 상대로 이런 사랑을 해보겠는가. 화낼 수 있지만 그러지 않는 것, 힘으로 누를 수 있지만 그러지 않는 것, 할 수 있지만 하지 않는 것" 어제 절반도 못 먹으면서 자기가 밥을 먹겠다고 떼쓰는 아이에게 화를 냈던 내가 밉다. 그냥 아이가 하고 싶은 대로 놔둘 걸, 지루하지 않게 더 놀아줄 걸, 먹기 싫어하는데 억지로 먹이지 말 걸…… 하루가 지나면 꼭 이렇게 후회한다. 조금 더 배려심이 많은 엄마로 나아갈 수 있도록 새로운 기술로 나를 가르치는 아이가 있어 매일 인간으로서 성장하는 기회를 얻는다. 오후에 아이가 집으로 돌아오면 더 꽉 안아줘야겠다. 그래도 오늘 저녁만큼은 제발 손으로 밥 먹으면서 머리카락은 만지지 말아줄래??? 아니다, 눈만 비비지 않으면 돼. 누가 아이에게 나 대신 밥을 먹여주면 요리든 설거지든 백 번은 더 할 자신이 있다.

# 내 안의 나를 기다리는 시간들

보이지 않는 마음을 담다

# 다른 렌즈로 보기

나의 '그녀'가 아빠와 함께 나갔다. 나에게 2시간이란 시간이 주어졌다. 아기를 낳고 거의 처음 가져보는 나 혼자만의 시간이다. (요즘처럼 "나 혼자 산다"라는 말이 그 어떤 캐러멜보다 달콤하게 느껴진 때도 없다.) 밖은 30도가 넘는 무더위가 계속되고 집 안에서 에어컨도 거의 24시간 가동 중이다. 쓴 지 20년은 족히 넘어 보이는 우리 집 거실 에어컨이 힘차게 돌아가고 작업할 때 자주 듣는 더 엑스엑스The XX의 노래가 아이튠즈에서 재생되는 지금 이 시간, 내 책상에는 컴퓨터 키보드, 트랙패드와 전자책이 펼쳐져 있는 아이패드 미니가 놓여 있다. 600권 넘게 들어 있는 아이패드 전자책 어플에서 '쓰기'란 단어를 검색해본다.《받아쓰기—내가 머문 아이오와 일기》가 눈에 들어온다. 아이오와 국제창작프로그램인 IWP에 참여한 김유진 작가의 미국 체류 일기이다. 미국에 살고 있으니, 그녀가 묘사하는 미국의 면면들이 더 가깝게 다가온다.

김유진 작가는 어제도 우리 가족이 환승차 다녀온 시카고에 잠시 머문다. 날씨가 좋으면 두 시간을 달려 도착할 수 있는 시카고가 이제 옆 동네처럼 친숙하고 정겹다. 정겹다고 하기엔 볼 때마다 감탄하게 되는 고층 건물들과 찬란히 빛나는 미시간 호수의 이국적인 빛깔이 나를 매번 설레게 해서 놀라운 도시이지만······. "공기가 차고 축축했다"라고 묘사하는 그녀의 시카고. 내가 처음 왔던 미국의 인상도 그것과 동일했다. 분명 활기차게 살려고 왔는데, 이곳은 여전히 차갑고 축축하고 낯설어서 매번 돌아가고 싶게 했다. 이제 한국에는 내 집도 없는데······. 급하게 가야 할 곳도 없고, 반드시 만나야 할 사람도 없는데 한국으로 자꾸만 돌아가고 싶어진다.

아마 한국에서 계속 살았더라면 쓰지 않아도 (쓸 수도 없었던) 되는 글이 우수수 쏟아진다. "영어라면, 아무리 사소한 것도 사소하지 않게 되어버린다"고 고백하는 작가처럼 미국에서는 아무리 사소한 것도 사소하지 않게 되어버린다. 그것들이 모여 한 권의 일기장이 되고, 여러 개의 일기장이 한 권의 책으로 변신한다. 결코 사소하지 않은 글쓰기 규칙 중 하나가 바로, 항상 보던 것도 다른 렌즈를 통해 바라보기다. 항상 보던 바나나와 파(그린 어니언), 식빵과 요거트, 우유와 시리얼, 건물과 주차장, 하늘과 구름, 한국 사람의 얼굴, 마트의 카트가 모두 새롭다. 분명 한국에도 다 있는 것들인데, 나는 전혀 다르게 적고 있다. 바나나는 한국에서 가까운 필리핀이 아닌 중미 과테말라에서 온 것이고, 파는 내가 알던 대파와 달리 쪽파에 가까운 크기이며, 식빵에선 철 기계 냄새(?)가 나고, 시리얼의 종류는 셀 수 없이 많고, 원화가 아닌 달러로 가격이 적혀 있고 당연히 계산원도 한국어가 아닌 영어로 말한다. 이 모든 것은 글이 된다. 내가 알던 세계와 달라서 매일 여행 온 기분이 든다.

자, 문제는 다른 렌즈로 보는 것까지는 성공했는데 글의 마무리를 어떻게 지어야 하는 것이다. 아이오와에서 작가

슬픔은 쓸수록 작아진다

워크숍에 참여한 작가는 미국에서 머문 3개월 동안의 여행을 통해 무엇을 독자에게 전달하고 싶었을까. 하루하루를 적당히 기록한 일기라 이 에세이를 통해 큰 교훈을 얻지 못할지도 모른다. 그렇지만 시차가 제각각인 나라에서 온 사람들의 이력과 술버릇, 글쓰기 습관, 타지 생활을 즐기거나 밀어내는 공기를 글을 통해 공유하며 내가 가보지 못한 아이오와 IWP를 간접 체험할 수 있다. 실제 모든 사람을 다 만나고 다닐 수 없으니 책을 통해 사람들의 인생을 엿보는 것이다. 나아가 매일 똑같이 반복되는 것 같은 평범한 하루를 색다르게 바라볼 수 있는 렌즈를 새로 장만할 수 있다. 이 컬러 렌즈 하나면 막막한 글쓰기 첫 문장도 매일 다르게 '쉬지 않고' 쓸 수 있다.

　작가가 미국에서 받은 소포에는 다음과 같은 것들이 들어 있었다. 햇반 여러 개와 김, 통조림 밑반찬, 컵라면, 볶음고추장, 그리고 염색약. 내가 20일 전에 한국에서 부친 박스에는 이런 것들이 들어 있다. 아이의 동화책 전집, 추울 것 같아서 넣은 겨울 재킷, 니트류의 옷들, 편의점 브랜드에서 개발한 김치찌개 라면, 매운 고추참치 그리고 무거워서

캐리어에 못 넣은 양장본 소설책. 전자책이 아닌 꼭 종이책으로 읽고 싶은 책들을 우체국 박스 5호에 꼭꼭 담았다. 한국에 살았더라면 당장 나가 살 수 있는 것들을 나는 7만 원이 넘는 돈을 투자해서 한 달 반이란 시간을 기다려 받는다. 가까이 있을 때 몰랐던 것들의 소중함을 매일 적는다. 그러다 보니, 이곳에서 먹는 한식이 더욱 맛있고 이곳에서 받아 읽는 한국 종이책의 한글이 다른 밀도로 다가온다. 아, 한국의 편의점 단 한 점포만 내가 사는 이곳으로 가져올 수 있다면 얼마나 좋을까. 불가능한 일이기에 다음 한국행을 더욱 기대하게 된다. 이번 한국 여행에서 남편과 손잡고 집 앞 편의점으로 야식을 사러 가는 그 길이 그렇게 좋았다.

_____ 이 책에서 저 글로 가는 길

여러분은 오늘 하루, 어떤 렌즈로 세상을 바라보고 싶은가요? 타국에 살게 된다면 가장 그리울 것 같은 것들의 리스트를 만들어보세요. 하나여도 되고 열 개여도 상관없어요. 아, 저는 이번에 한국에서 미국으로 돌아오면서 갓 짠 참기름과

빳빳한 토종 김, 간편 매운탕 소스와 멸치다시마 육수팩 등을 챙겨왔어요. 타국에서 퍼지는 참기름 냄새는 상상했던 것보다 진하고 소름 끼치게 좋답니다. 김유진 작가도 다른 작가들에게 한국식 비빔밥을 만들어주며 참기름을 썼지요. 저도 가끔 누군가를 음식으로 유혹(?)하고 싶을 때, 친정 엄마가 짜서 보내준 진한 참기름을 쓴답니다. 쌀떡볶이를 할 때도 약간의 참기름을 붓고 간장 한 큰술 넣어 떡이 말랑말랑해질 때까지 볶은 다음 육수를 부어 만들면 양념이 잘 벤 시장표 떡볶이를 만들 수 있다는 사실! 물론 떡볶이는 중약불에 오래 조려야 더 맛있는 거 아시죠? 이러다 계속 요리 이야기만 할 것 같아 오늘은 여기서 줄여요.

# 다른 사람에게 관심을 기울인다

　"그는 1932년 2월에 내 삶으로 들어와서 다시는 떠나지 않았다"로 시작하는 프레드 울만의 《동급생》은 분량은 짧지만 강렬한 결말 때문인지 대하소설급의 감동을 주는 소설이다. 세세한 것들 하나하나까지 다 기억해서 묘사하는 풍경들이 소설 속에서 생생하게 펼쳐지고, 주인공의 '가장 큰 행복과 가장 큰 절망의 원천'이 될 소년은 등장부터 인상적이다. 묘사나 역사적 배경 등 소설적 장치가 훌륭하고 스토리 자체보다 인물이 매력적이어서 딱 내가 좋아하는 스타일의 소설이다. 반복해서 아껴 읽고 오랜 시간 공들여 책을 필사해보기도 했다. 앞으로 살면서 이런 우정을 나눌 친구가 있을까. 만약 있다면 그를 끊임없이 기록해서 어떤 이야기로 연결시켜 기억할 수 있을까. 이런저런 질문들을 던지며 오늘도 이 소설을 한 번 더 천천히 읽어본다. 왠지 묵직한 친구를 옆에 둔 것처럼 든든하다.

한국에서 살 때도 그다지 많은 친구를 곁에 두지 않았던지라, 미국에서의 제한된 인간관계에 아쉬움은 없다. 다행인지 불행인지 날이 추워지면 밖에 나가 산책을 하고 바람을 쐬고 싶다는 생각도 줄어든다. 그래서 더욱 집에만 있게 되는데, 이런 실내 생활은 글 쓸 소재를 아주 천천히 죽여버린다. 남는 건 사람, 나 아닌 다른 사람에 대한 관찰뿐이다. 예쁨과 짜증의 경계를 넘나드는 아이와 이제는 로맨스보다 동지애의 감정이 더 커진 남편, 이곳에 와서 사귄 가족보다 가족 같은 친구 부부에 대한 기록을 남기며 바닥난 소재를 불린다.

초반에 언급한 《동급생》의 '그 소년'은 다른 소년들과 모든 것이 달랐다. 그 시절 소년들이 우아해지려고 하는 모든 시도를 "계집애 같다"고 치부해버리는 그의 여유로움과 차이는 오히려 아이들의 부러움의 대상이 되었다. 작가는 혼자 내버려둬도 상관없는 고귀한 아이를 교만하거나 허영심이 강한 캐릭터가 아닌 평생의 친구로 삼고 싶을 만큼 매력적인 인물로 그린다. 타인에게 관심이 없다면 결코 이런 글을 쓸 수 없다. 나를 관찰하다 지친 나는 더욱 나와 다른 사람에게 매력을 느낀다. 나와는 다른 등장인물이 나오는 소설을 읽는다. 그러다 보면 내가 겪지 못한 상황들에 대처하는 여러 방법을 배울 수 있다. 그리고 그 방법을 통해 내 삶을 되돌아본다. 이 반복되는 순환을 즐기다 보면 기나긴 겨울을 날 수 있고, 몇 번의 겨울을 통해 평생 친구로 지내고 싶은 글을 쓸 수 있다고 믿는다.

## 이 책에서 저 글로 가는 길

대학생 때부터 카페에서 글을 많이 썼다. 이어폰으로 쉴 새 없이 음악을 듣지만 가끔씩 일부러 음악을 끄고 다른 사람들의 대화나 전화통화를 엿듣는다. "난 한국어보다 영어가 더 낫잖아. 뻔뻔하게도"라든지 "우리 집에서 짜파게티나 끓여먹을래?", "그러지 말고 크게 질러서 카페나 하나 차려, 언니" 같은 사소한 말들을 모두 노트에 적는다. 실제 사람들의 고민이 담긴 말들을 매일 꾸준히 쓰고 있는 소설 속 인물들의 대화에 적용시켜 캐릭터에 생명력을 불어넣을 수 있다. 인간에 대한 애정 없이는 반쪽짜리 글만 쓰게 될 것이다. 이 말은 상대적으로 남에게 관심 없는 나에게 하는 말이다.

# 대체 열심히 산다는 건 무얼까

몇 주 만에 겨우 얻어낸 창작 시간이 열렸다. 지난 2주 동안 도끼로 머리를 얻어맞은 것 같은 사건도 있었고 소소한 기쁨도 있었다. 먼저, 하룻밤 사이에 우리 차가 사라졌다! 유리창을 깨고 차 안에 있는 물건을 훔쳐갔다는 말은 많이 들었어도 차가 없어지다니……. 글로 적어놓아도 현실감이 없는 사건이다. 차 안에 있던 스페어키로 차를 통째로 훔쳐가는 바람에 트렁크에 있던 유모차, 카시트 등등도 하루아침에 없어졌다. 경찰에 신고하고 보험사와 수없이 통화하고 차를 찾을 때까지 기다림의 연속이었지만, 주변의 도움으로 일상을 이어갔다. 그 와중에 이가 나기 시작한 나의 사랑스런 딸은 공포스런 두 번째 티딩teething을 이

슬픔은 쓸수록 작아진다

겨내고 애교가 파도가 넘실거리듯 넘쳐나 최고로 사랑스러운 시기를 보내고 있다. (어디서 눈을 찡그리며 웃는 걸 배운 걸까.) 잠시 동안 이유식을 거부하면서 피곤한 나를 더 피곤하게 만들었지만, 다시 정성스럽게 만들어주는 대로 받아먹는 아이의 입을 보면 모든 피로와 걱정이 날아간다.

긴 겨울이 시작되고, 겨울을 위해 마련한 튼튼한 새 차는 사라졌지만, 우리는 차가 완전히 '분실'된 것으로 입증되어 보험 처리가 될 때까지 렌트카로 버티고, 마일리지가 5만 마일 이하인 중고차를 다시 살 것이다. 차를 찾는다고 해도 온전히 돌아온다는 보장이 거의 없기 때문에 차라리 (마음이 아프지 않게) 아예 사라져버렸으면 좋겠다고 생각하니 오히려 마음이 편해졌다. 큰 사건 앞에서 큰 힘을 발휘하는 나의 '무한 긍정'을 더 사랑하게 되었다. 물론 무턱대고 긍정하는 것이 아니라 한 달 후의 계획까지 세워놓고 안심하는 과정이 필요하다. 어릴 때부터 몸에 밴 계획표 짜기 습관은 하늘이 두 쪽 나도 무너지지 않는 것 같다.

이번 겨울에는 이곳에서 사귄 친구랑 언어 교환을 하기

로 했다. 한국어 능통자인 나는 일주일 동안 있었던 일을 영어로 쓰고, 영어 능통자인 그 친구는 일주일 동안 겪었던 일 중 가장 자신을 우울하게 만들었던 일을 한국어로 써와서 이야기를 나누는 것이다. 나는 영어를 배우면서 동시에 글쓰기 치료법으로 친구의 일상을 어루만져줄 생각이다. 똑같은 일도 한글로 쓸 때와 영어로 쓸 때는 한국과 미국의 거리 차이만큼 생각 회로에 큰 차이가 있다. 아마도 영어로 쓰다 보면 단순하고 사건 중심적으로 글을 쓰게 될 것이다. 반강제적으로 일상을 다른 언어로 적다 보면, 모국어로 글을 쓸 때 생기는 슬럼프를 극복할 수 있을지도 모르겠다.

이렇게 열심히 살다 보면 글쓰기 소재가 쏟아질까? 대체 열심히 '산다는 건' 또 무엇일까? 의미를 붙일 수 있는 일을 여러 개 만들거나 의미 없는 일에도 의미를 붙이며 하루 일과를 성실히 마치면 열심히 살았다고 말할 수 있지 않을까? 풍요로운 사건 사고 사이에서 아무 일도 일어나지 않는 지루함을 유지하며 내 할 일을 묵묵히 하다 보면 인생은 꽤 유연하게 흘러간다. 모든 것은 인내력과 지구력에 달려 있다. 일이든 인간관계이든 꾸준하지 않으면 내 곁에 오래 붙들어둘 수 없다. 나이를 먹을수록 몸이 아프면 그 어떤 것도 열심히 할 수 없다는 걸 매일 아침 깨닫는다. 체력은 곧 '일력日力'(하루를 살아가게 하는 힘)이다.

> "우리 집 같은 전통 화과자점은 십 년을 하루 같이 똑같은 것을 만드는 게 일이야. 똑같다는 데 가치가 있어. 새로운 작품을 몇 년에 한 번 어쩌다 만들어도 손님들이 신기해하는 잠깐 동안만 팔리고 손님들은 결국 늘 먹던 것을 원하더라고."
>
> ─마쓰이에 마사시, 《여름은 오래 그곳에 남아》

좋아하는 소설을 반복해서 읽고 좋아하는 구절을 적는 행위에는 위대한 치유의 힘이 숨어 있다. 늘 먹던 것을 원하는 단골손님처럼 나의 오랜 독자들은 독서의 실용적인 힘을 이야기해주고 좋은 문장을 함께 공유해주기를 바라는 것 같다. 건축과 농사의 건전한 반복과 아는 사람만 알아볼 수 있는 디테일을 들려주는 소설 《여름은 오래 그곳에 남아》는 시간을 들여서 읽어볼 만한 명상서에 가깝다. 가령 "생각해서 손을 움직일 뿐만 아니라 손을 움직이는 것이 생각으로 연결된다"와 같은 문장은 창작 비법을 늘어놓는 책에서 얻는 팁보다 훨씬 유용하고 여러 번 곱씹어볼 만한 소재가 된다. 실제로 몸을 움직이고 산책하고 손을 움직여서 하는 요리나 집안일을 통해 깨달음을 얻을 때가 많다. 책을 읽는 것은 정적인 활동처럼 보이지만 책을 읽고 글을 쓰면 엄청 동적이고 사교적인 활동으로 이어질 수 있다.

가령 책 지상주의자인 나는 버지니아 울프의《댈러웨이 부인》을 읽고 나면 꽃을 사고,《당신의 마음을 정리해 드립니다》를 읽으면서 집 안 물건들을 정리한다. 달리기 전에 달리기 관련 책을 읽고, 여행을 갔다 오면 그 여행지에 관한 책으로 여행을 복습한다. 작가들과 소통하고 각자의 재능을 서로 자극하는 모임을 가져본 적이 한 번도 없지만, 한국으로 다시 돌아온다면 반드시 실천해보고 싶다.

───────────── 이 책에서 저 글로 가는 길

《글쓰기 좋은 질문 642》에는 이런 질문이 나온다. "결국은

슬픔은 쓸수록 작아진다

좋은 일이 된, 나쁜 상황." 이번 차 도난 사건은 결국엔 좋은 일이 될 것이다. 집 다음으로 중요한 차를 한 번 도둑맞은 우리는 차에 GPS 기능을 장착하고 앞으로 더 보안에 신경 쓸 것이다. 그래도 차 없이 지냈던 두 달이 얼마나 불편했는지 생각하면 자다가도 벌떡 일어나게 된다. 하지만 슬프고 속상해도 물건은 다시 살 수 있지만, 건강이나 사람은 잃어버리면 다시 되찾을 수도 없다. 한 번 읽고 내용을 까먹은 책도 다시 읽으면 된다. 요즘은 전자책이라는 신이 내린 선물이 있어서 웬만한 책은 이 먼 타국에서도 다 읽을 수 있다. 그런데 순간적으로 내 머리를 스쳐간 생각은 일단 까먹으면 다시 똑같이 떠올리기 힘들다. 떠올린 생각이 공중으로 날아가기 전에 손을 움직여 꼭 기록해두어야 한다. 종이에 적을 수 없으면 핸드폰에 저장해둔다. 핸드폰을 잃어버릴 경우를 대비해 메일을 보내두고 클라우드 노트에 공유해둔다. 작년의 기록이 있어 지난 오늘을 추억하고 현재 가지고 있는 것에 감사하게 된다. 그렇게 계절과 기억이 오래 이곳에 남아 책이 된다.

# 걸으면 비로소 보이는 것들

"많은 사람들이 길 끝에 이르면 뭔가 대단한 것이 있을 거라 기대한다. 나 역시 그랬다. 그러나 농담처럼 시작된 국토대장정은 걷기에 대한 나의 생각을 완전히 바꿔놓았다. 우리가 길 끝에서 발견하게 되는 것은 그리 대단한 것들이 아니었다. 내 몸의 땀냄새, 가까이 있는 사람들의 꿉꿉한 체취, 왁자한 소리들, 먼지와 피로, 상처와 통증⋯⋯. 오히려 조금은 피곤하고 지루하고 아픈 것들일지 모른다. 그러나 이 별것 아닌 순간과 기억들이 결국 우리를 만든다."

—하정우, 《걷는 사람, 하정우》

여러 번 이야기한 것 같지만, 나는 걷는 걸 좋아한다. 나

슬픔은 쏟수록 작아진다

의 끝없는 '걷기 예찬'은 미국에서 살면서 조금 위축되었다. 내가 살고 있는 아파트단지에서 걸어서 갈 수 있는 곳이 별로 없기 때문이다. (정말 최악의 걷기 환경이다.) 무조건 남편 차를 얻어타고 나가서 걷다 들어오는 그런 반쪽짜리 '걷기 생활'에 지쳤다. 더군다나 겨울이 시작되면 하루가 멀다 하고 눈이 오기 때문에 더 좌절하게 된다. 오늘도 걷기는 틀렸군… 젠장……. 안 그래도 우울한 계절에 기분 전환할 수 있는 단 하나의 취미마저 빼앗기다니, 지금 사는 곳이 더 싫어진다.

《걷는 사람, 하정우》에는 연기를 아주 잘하는 배우로만 단순히 알고 있던 이의 '걷는 인간'으로서의 면모가 드러난다. 그는 일일 3만 보를 위해 아침에 일어나자마자 런닝머신에서 걷고, 약속 장소까지 걸어가며, 엘리베이터 대신 계단을 이용한다. 그에게 "걷기는 나 자신을 아끼고 관리하는 최고의 투자다." 암튼 그는 휴식하러 가는 하와이에서도 계속 걷는다. 계절과 장소를 가리지 않고 걷는 그를 따라서 나도 한겨울 걷기에 도전해보았다. 6개월 만에 온 한국에서 20분 거리에 있는 마트까지 걸어갔다. 겨울바람이 차서 패딩 모자까지 눌러쓰고 걸었다. 콧물이 날 정도로 추웠지만 두 발로 걷다 보니 땀이 조금씩 나면서 몸이 더워졌다. 그래, 겨울에 시간 약속에 쫓기지 않고 걷는 건 이렇게 상쾌한 일이었지. 버스를 타지 않고 내 발로 걸으니 못 보던 것들도 보였다. 볼 일을 빠르게 보았는데도, 시간이 벌써 4시 10분이 되었다. 내 딸을 봐주고 있는 엄마를 대신해 조카를 유치원에서 데려오기로 약속한 시간이 얼마 남지 않았다. 장 본 것을 들고 뛰었다. 이렇게 나의 아주 오랜만의 산책은 현기증을 동반한 달리기로 바뀌어 '걸으면서 방황하는 존재'로서의 걷기는 또 반쪽짜리 리츄얼이 되어버렸다.

아이에게 자유를 빼앗기고 나서부터는, 일하면서 자주 걸었던 서촌 거리가 종종 생각난다. 서촌과 효자동 일대를 점심을 먹고 커피 한 잔 마시며 걷는 것을 좋아했는데, 언제부턴가 길에서 마주치고 싶지 않은 인연들이 생겨나면서 그곳과 멀어졌다. 지금 당장이라도 경복궁역으로 가서 통인시장을 지나 사직공원까지 쭉 걷고 싶다. 그리고 수없이 많은 도시를 여행했지만, 발이 부르트도록 걸어다녔던 파리의 거리들이 꿈에 자주 나온다. 영화 세트장 같다고 생각

슬픔은 쏠수록 작아진다

하며 호텔에서부터 에펠탑까지 걸었고, 걷다가 지치면 공원 벤치에 앉아 딱딱한 바게트 샌드위치를 뜯어먹었다. 걷는 곳곳마다 담배 냄새에 머리가 아프고 돈을 내고 더러운 화장실에서 볼일을 보았지만 그 모든 불편함이 좋았다. 다시는 그 도시를 그렇게 자유롭게 걸어다니지 못할 것 같았기에 꿈같다 느꼈던 것 같다. 그때 가졌던 나의 생각은 어느 정도 들어맞아서 불편한 유럽 여행을 죽을 때까지 못 갈 것 같다. 배낭여행도 젊어서 해야 낭만적이지 나이 먹고 하면 병원비가 더 드는 실존적 여행이 되기 쉽다.

걸으면 영영 풀리지 않을 것 같던 문제도 조금씩 길 위에서 풀리기도 했다. 반대로 전혀 문제라고 생각하지 않았던 일이 다르게 다가오기도 했다. 하정우는 독서와 걷기에는 묘한 공통점이 있다고 말한다. 인생에서 중요한 것들이지만, "저는 그럴 시간이 없는데요"라는 평계를 대기 좋은 분야라고…… 글쓰기도 마찬가지다. 우리는 저마다 24시간 동안 각자의 이야기 속에서 살아가는데 그 이야기를 쉽게 허공에 날려버린다. 그럴 시간이 없고, 그럴 능력도 안 되고, 그러기엔 일상이 너무 단조롭거나 피곤하다는 이유로 말이다. 일단 걷다 보면 귀찮고 눕고 싶은 마음이 사라지듯이, 일단 쓰기 시작하면 계속 쓰면서 내 안에 있는 이야기를 하고 싶다는 욕구가 생길 것이다. 전혀 쓸 것이 없다면, 나와 작가 하정우처럼 한겨울에 중무장하고 걸어보시길. 분명 쓸 말이 생긴다. 감기에 걸리지 않도록 반드시 장갑과 목도리는 챙겨야 한다는 점 잊지 마세요.

———————— 이 책에서 저 글로 가는 길

"힘들다, 걸어야겠다"라고 위로하는 이의 말대로 글이 풀리지 않을 때 나는 걷는다. 하루 1만 보씩은 못 걷지만 무슨 일이 있어도 30분 이상은 걸으려고 노력한다. 임신 때 제대로 걷지 못해서 느꼈던 진한 슬픔이 떠오를 때마다 자리를 박차고 나가게 된다. 이 글도 육아에 지쳐 아무것도 못 쓰고 있다가 걷고 와서 쓴 글이다. 평생 산책자로 살았던 니체는 "겨우 몇 줄만 빼놓고 전부가 길을 걷는 도중에 생겨났으며 여섯 권의 공책에 연필로 휘갈겨 썼다네"라고 편지에 썼다. 이 책의 대부분도 카페에 가는 길에, 아이가 잠든 유모차를 끌며

슬픔은 쓸수록 작아진다

산책을 하는 동안 생각을 정리한 후 쓴 글이다. 전 세계가 적군 없는 바이러스와 싸우고 있는 요즘엔 답답한 마스크를 쓰고 천천히 걷는다. 이 시국에 건강과 사유를 모두 챙길 수 있는 산책이 있어서 그나마 숨을 쉰다.

# 풍경에서 이야기가 나올 것이다

작가들이 사랑하는 작가, 제임스 설터의 《스포츠와 여가》에는 내가 사랑하는 문장들이 가득하다. 가령, 겨울의 파리를 상상하며 읽으면 좋은 장면이 있다.

"나는 카페 생루이에서 커피를 마신다. 카페 안이 의사 진찰실만큼이나 조용하다. 테이블 위에는 아직 의자들이 뒤집혀 있다. 얇은 커튼 너머 저쪽에는 머리가 깨질 것 같은 살벌한 추위. 어쩌면 눈이 올 것이다. ……이 음울한 아침들. 나는 난방기 옆에 서서 유리처럼 차가운 쇠붙이 위에서 손을 녹이려 애쓴다. 프랑스인들에게는 소박함을 받아들이는 멋진 감각이 있다. 그들은 추운 실내에서 스웨터를 입고

슬픔은 쏠수록 작아진다

때로는 모자까지 쓴다. 물론 그들도 햇빛의 힘을 믿는다. 하지만 하늘이 빛을 허락할 때만 그러하다."

—제임스 설터, 《스포츠와 여가》

이런 문장들은 얼음같이 차가운 아침이 계속되고, 거리는 눈으로 덮여 있고, 야외 활동은 꿈꿀 수 없는 겨울에 나를 달래는 심정으로 읽으면 더욱 좋다. "신성한 사소함"을 발견할 수 있다. 아무리 생각해도 쓸거리가 없다고 느껴지면 당신이 있던 "그날 그 도시를, 12월의 거리"를 떠올리고 그대로 묘사해보자.

그날 나는, 약속 시간보다 두 시간 먼저 출발했다. 거리엔 검정색 롱패딩을 입은 중고등학생 무리가 지나가고, 익숙하고 잘 읽히는 한글 간판으로 벽면을 가득 채운 건물들이 보인다. 걷다 보면 10분마다 파리바게트와 올리브영을 마주친다. 전보다 하늘에 구름은 줄어들고 먼지가 가득하다. 테이크아웃 커피잔을 하나씩 들고 바쁘게 걸어가는 직장인들을 따라 횡단보도를 건넌다. 한겨울에 스타킹에 가죽 구두 하나만 신다니, 정말 추워 보인다. 저 멀리 익숙한 교보빌딩이 보인다. 사람은 책을 만들고 책은 사람을 만든다,라는 문구가 나를 반긴다. 아, 진짜 한국에 왔구나.

　물론 이런 사소한 묘사만으로 책이 될 순 없다. 아무것도 아닌 것으로 끝날 가능성이 높다. 하지만 "풍경을 제대로 포착하기만 한다면, 그 풍경에서 이야기가 나올 것이다"라고 한 애니 프루의 말을 믿는다. 올해 처음으로 썼던 단편소설은 다음과 같은 문장으로 시작한다. "일기예보에서 오후에 비가 내린다고 했다. 그녀는 겁도 없이 우산 없이 길을 나섰다." 우산 없이 길을 나서는 인물에겐 그날 오후 무슨 일이 벌어졌을까? 아마도 그녀는 평소와 다른 일을 겪었을 것이다. 일기예보가 평소처럼 틀렸을 수도 있고……. 그녀의 하루를 따라가다 보면 어느새 한 편의 이야기가 끝나 있을지도 모른다.

―――――――――――― 이 책에서 저 글로 가는 길

제임스 설터는 이렇게 말했다. "Life passes into pages if it

passes into anything(만약 인생이 어떤 것의 일부가 된다면, 그것은 책장의 일부분이 될 것이다)." 책장의 일부분인 오늘 하루가 모여 인생이 된다고 생각하면 그 어떤 하루도 허투루 보내고 싶지 않다. 하지만 책도 지루하고 쓸데없어 보이는 페이지가 있듯이 내 인생은 무의미한 하루가 반드시 있다. 내일은 덜 지루하게 덜 후회되게 보내서 부족한 페이지를 보완하면 된다.

# 유별난 나를 적어보자

한 오백 번은 봤을 것 같은 영화 〈비포 선라이즈〉의 제시와 셀린은 기차 안에서 우연히 만나 자신들만의 독특한 성향(싫어하는 것, 좋아하는 것, 두려워하는 것)을 이야기하며 서로 가까워진다. 비행기 타는 걸 두려워한다거나, 어릴 적 돌아가신 할머니를 본다거나(그래서 환생을 믿는지도 모른다), 영영 자신이 무얼 좋아하는지 모르고 죽을까 봐 겁난다거나, 프랑스 여자라면 모두 귀엽다고 추근거리는 외국인을 경멸한다거나 등등의 시시콜콜한 대화로 두 시간의 런닝타임을 가득 채운다. 결국 둘은 사랑에 빠지고, 이후 두 사람은 〈비포 선셋〉에서 9년 만에 재회한다. 대화 위주로 흐르는 영화라 대본 자체가 로맨틱하지만 수다스러운 글쓰

슬픔은 쓸수록 작아진다

기 선생님으로도 제격이다.

오늘도 어김없이 이 영화를 배경처럼 틀어놓고 지루한 원고 교정 작업을 하다가 문득 수첩에 '유별난 나'에 대해 적어보았다.

• 유난히 모든 음식을 천천히 먹는 나

(직장 생활을 하는 내내 나는 점심을 반밖에 안 먹는 – 사실 빨리 못 먹었을 뿐 – 소식가가 되었다.)

• 유난히 네이비(남색) 계열의 옷만 사는 나

(옷장 가득 네이비 원피스, 가디건, 후드티, 스웨트 셔츠, 셔츠, 치마, 진청바지가 차고 넘친다. 덕분에 남편의 옷들도 네이비가 한 가득이다. 나는 네이비와 그레이 혹은 네이비와 베이지의 조합에 환장하는 편이다.)

• 유난히 물을 자주 마셔서 화장실에 자주 가는 나

(내 친구들 사이에서도 유명했는데, 나와 여행을 자주 다닌 남편은 나에게 '쉬야 공주'(?)라는 귀여운 별명을 지어줬다. 기억에 남는 쉬야 사건이 둘이 있다. 한번은 전주 버스 여행 길에서다. 버스 타기 직전에 진한 아메리카노를 수제 초콜릿과 함께 원샷했는

데 차가 막히는 바람에 휴게소에 도착하기 전까지 버스에서 죽음의 두 시간을 보냈다. 전 세계 존재하는 모든 신에게 빌었다. 지금 당장 내게 화장실을 주시면 착하게 살겠노라…… 빌고 또 빌었다. 또 한번은 파리 여행에서. 정처 없이 걷다가 화장실을 발견하지 못해서 불도 안 켜지고 화장지 무덤이던 공포의 파리 지하철 화장실에서 반쯤 문을 열고 해결한 추억 아닌 추억이 있다.)

• 유난히 침묵을 못 참는 나

(잠잘 때를 빼고 항상 음악, 영화, 뉴스를 틀어놓는다. 한국에선 홈쇼핑 채널도 자주 배경으로 틀어놓고 일하거나 요리했다. 나는 아무 소리가 안 나면 외로움을 아주 많이 타는 스타일이라 귀가 심심할 틈을 주면 안 된다. 그래서 작업실 겸 거실에는 사운드바, 아이폰용 스피커, 보스 이어폰까지 사운드에 관련된 모든 것이 항시 대기 중이다.)

• 유난히 청소와 집안 환기에 집착하는 나

(고양이 키울 때는 하루에 다섯 번도 더 청소했다.)

• 유난히 '황금레시피'에 집착하는 나

(평균 요리 시간이 길다.)

• 유난히 구름 모양에 집착하는 나

(지금까지 동물 구름, 담배연기 구름, 하트 구름, 오징어 구름,

할아버지 수염 구름 다 찾았다.)

　• 유난히 술을 잘 못 마시는 나

(맥주 한 모금에도 쉽게 취한다.)

　• 유난히 같은 책을 여러 번 사는 나

(최대 3권까지도 사보았다. 요즘은 종이책으로 갖고 있는데 자꾸 전자책으로 다시 산다.)


　수첩의 반을 채우고도 남을 유별난 '나'가 있다. 쓸 이야기가 없어서, 무엇을 써야 할지 감이 안 와서 방황하고 있다면 수많은 '나'를 기록해보자. 대체 나는 어떤 사람일까 궁금한 사람에게도 좋은 글쓰기 소재가 된다. 때론 우주보다 멀고, 때론 깊은 산골 1등급 계곡수보다 훤히 잘 보이는 나를 글쓰기에 초대하는 것은 언제나 즐겁다. 시간 가는 줄 모르고 적게 된다.


　오늘은 '유난히 떡볶이를 좋아하는 나'에 대해 적어두었다. 그나저나 이 광활한 미국 땅에서 3년 동안 '순창 떡볶이 양념'보다 좋은 떡볶이 소스를 발견하지 못했다네. 물론, 멸치다시마와 말린 표고버섯 육수에 양념을 풀어야 진짜 신당동 떡볶이 맛이 난다. 백종원 레시피로도 못 잡은 황금 비율을 잡아서 환희에 찬 일지를 남겼다. 매운 카레 가루를 한 티스푼 넣어야 한다는 사실도 잊지 말 것. 국대떡볶이가 그리운 남편에게도 거한 칭찬을 받았다. 타국에 사시는 모든 분들에게 강추합니다!

───────────── 이 책에서 저 글로 가는 길

나에게 기쁨이자 즐거움이 되는, 생각만 해도 좋은 한 가지를 담은 에세이 시리즈인 '아무튼'에도 떡볶이를 주제로 쓴 이가 있다. 맛깔나는 글을 쓰는 요조가 바로 그이다. 그녀는 떡정(?!)이라는 것이 강해 온갖 떡볶이를 다 먹으러 다닌다. 그녀가 부산에서 먹은 그 떡볶이의 매운맛을 나도 맛보고 싶다. "얼마든지 너네를 보내버릴 수 있지만 참겠어"라고 말하는 듯한 매운 기운. 매운 걸 잘 먹지 못하지만 떡볶이만큼은 매콤해야 한다는 나의 지론대로 깡통시장에 가서 굉장히 붉어서 매울 것 같지만 쓰러질 만큼 맵지 않은 가래떡볶이를 반드시 먹고야 말겠다. 먹기도 전에 '이건 맛있는 떡볶이다'

슬픔은 쓸수록 작아진다

라는 확신을 가질 만큼 내 떡정도 만만치 않다. 이렇게 좋아
하는 걸 쓰는 건 누구나 당장 할 수 있는 일이고, 가장 빠르게
글쓰기의 기쁨을 느끼는 지름길이다.

# 내 인생은 왜 이렇게 피곤한 걸까

　이번 주엔 오랜만에 옆 도시 시카고로 나들이를 왔다. 주차비도 비싸고 올 때마다 사람도 많아서 가는 길도 험난하지만, 그래도 우린 시카고라도 가까이에 있어서 다행이라고 생각하며 자주 가곤 한다. 미국 음식점에서 사먹는 음식은 종류도 다양하지도 않고(이들은 햄버거, 샌드위치, 타코, 파스타 아니면 피자, 각종 샐러드가 주식이다) 팁까지 더해져 비싸기도 한데 심지어 맛까지 없어서 사먹기 싫다. 차라리 번거롭더라도 도시락을 싸서 벤치나 뮤지엄 안 카페테리아 같은 곳에서 가볍게 먹는 게 훨씬 나을 때가 있다. 우리 부부가 먹을 도시락에 분유 먹는 아기의 짐까지 더해져 짐이 점점 무거워진다. 나가기 전부터 피곤해지는 느낌이 든다.

　　　　　　　　　　　슬픔은 쓸수록 작아진다

왜 내 인생은 좀처럼 가벼워지지 못하는 걸까.

모두 다 내 욕심 때문이다. 나는 집도 깨끗하게 해두고 싶고 아기에게 다양한 책과 장난감을 늘어놓고 보여주고도 싶다. 도시에 자주 나가면서도 한적하게 산책을 하거나 운동을 자유롭게 즐기는 전원생활도 유지하고 싶다. 한글도 더 세련되고 정확하게 쓰고 싶고 영어로도 술술 말하고 싶다. 아기가 잘 땐 집안일도 하고 싶고 글도 쓰고 싶고 요가도 하고 싶다. 물론 나무늘보처럼 늘어져서 잠도 자고 싶다. 그 무엇에도 방해받지 않은 잠이 그립다. 이렇게 욕심이 많은 나도 "필요한 것은 단지 앞을 향해 그저 한 걸음 한 걸음 내딛는 것밖엔 없다"고 조언하는 스몰 스텝 전략을 따라서 우선 물 한 잔 마시는 걸로 하루를 심플하게 시작한다.

물 한 잔을 마시면서부터 바로 독박 육아가 시작되지만, 그래도 중간중간 여유를 갖고 나를 돌아볼 시간을 갖는다. 《아주 작은 반복의 힘》에 따르면 "성공이 보장된 작은 행동을 시작"하는 것이 늘 변화를 요구하는 세상사에 맞서는 비법이라고 한다. 그럼 바로 실천할 수 있는 작은 행동이 무엇일까. 내 인생을 바꾼 임신을 통해 스트레칭의 중요성을 배웠다. 자는 동안 경직되어 있던 허리와 다리를 펴주고 캣앤카우, 런지, 선활 자세를 반복하면서 몸을 푼다. 매일 반복하면 하루 종일 아이와 실랑이를 해도 허리가 아프지 않을 정도로 몸이 유연해지는 기분이 든다. 작업할 때도 40분에 한 번씩 몸을 풀어주는 걸 빼먹지 않는다.

그럼, 이런 작은 실천을 글쓰기에 적용해보자. 매일 일기를 쓰라는 충고는 이제 식상하다. (물론 일기만큼 좋은 글쓰기 선생님은 없다.) 그저 매일 세 문장씩 자신의 기분 변화나 일상을 적는 것이다. 손에 항상 들고 있는 핸드폰 노트에 남겨도 되고, 포스트잇에 남겨도 되고, 어떤 일러스트레이터처럼 티슈에 남겨도 된다. "내 딸이 나를 보고 웃었다" "남편이 저녁을 먹고 들어온다고 한다. 앗싸!" "동네 동물원에 갔다 왔다" "친구가 나보고 웃음이 줄었다고 한다" "미국인 친구를 새로 사귔다" 등등 조각 문장들은 곧 내가 다음에 쓰고 싶어지는 글의 주제가 되기도 한다. 버려지는 문장이 대부분이라고 해도 무언가를 썼다는 얄팍한 성취감도 준다. 몸을 푸는 스트레칭처럼 간단하지만 꾸준히 하면 글쓰기 근육을 키우기에 좋다. 완성된 글을 쓰고 싶다는 마음은 굴뚝같지만 우선 소재를 모으는 것으로 만족하는 평일에, 나는 참 소박한 작가가 된다. 세수도 못했는데 세 문장이나 적다니!

## 이 책에서 저 글로 가는 길

《아주 작은 반복의 힘》의 저자 로버트 마우어는 작은 행동을 하기 전에 '작은 질문'을 던져보라고 제안한다. 책에 나왔던 질문 중에 가장 흥미로웠던 것이 "백마 탄 왕자님이 한 달 안에 나를 찾아온다면, 오늘 당장 나는 무엇을 바꿔야 하는가?"인데 백마 탄 왕자님을 베스트셀러로 바꿔보자. 한 달 안에 베스트셀러 작가가 되려면, 오늘 당장 어떤 글을 써야할까? 백마 탄 왕자님만큼 베스트셀러 작가가 되는 것도 허무맹랑한 목표일 수도 있다. 하지만 책 속 그녀가 이상형과 공유하고 싶은 취미를 시작했던 것처럼 우리는 가장 닮고 싶은 작가와 쓰고 싶은 장르를 찾고 오늘부터 한 문장씩 써보는 것만으로 꿈에 가까워질 수 있지 않을까. 내가 신뢰하는

소설가 줌파 라히리의 〈서점에서〉라는 단편은 이렇게 시작
한다. "나는 어쩔 수 없이 예전 남자친구와 마주치고 만다."
나는 사실 전남편과 마주치는 여자가 등장하는 소설을 줌파
라히리를 따라 쓰고 있다. 혼자서 은밀하게 쓰는데 상상했던
것보다 쓰는 재미가 쏠쏠해서 피곤해도 꼭 쓰고 자려고 노력
한다. 오늘 소설 속 그녀는 얼마나 헤어진 남편을 미워하면
서도 그리워할까…….

슬픔은 쓸수록 작아진다

# 한없이 시시한 이야기를 써라

비겁한 변명으로 들리겠지만, 정말 쓸 것이 없는 나날들이라 잠시 글을 멈췄다. 이 세상에서 가장 강력한 시간 도둑은 '아이'일 것이다. 아이와 함께 있으면 나의 모든 시간과 체력이 여름 햇빛에 눈 녹듯이 순식간에 사라진다. 그사이 부지런한 내 손톱은 또 자라나 자판을 칠 때마다 손톱 소리가 난다. 왜 이렇게 머리카락과 손톱은 빨리 자라는 걸까. 나를 닮아서인지 내 딸의 손발톱도 너무 빨리 자란다. 그녀가 잠들었을 때 재빨리 잘라야 하는데 타이밍을 놓칠 때도 많고, 움직임이 많아지면서 손톱 끝이 갈라져 내 살에 닿거나 공격을 당하면 종이에 베인 것처럼 아프다. 아니 왜 2주만에 생긴 이 귀한 시간을 시시한 손톱 이야기로 가득 채우고 앉아 있는 걸까. 그건 내가 "가장 시시한 이야기를 쓰라" 라는 주제를 생각하면서 손이 이끄는 대로 쓰다 보니 자연스럽게 손톱이 보였기 때문이다. 어떤 시인은 똥 누듯이 시를 쓴다고 했는데 나는 손톱이 자라듯이 글을 쓰면 일 년에 서너 권은 거뜬히 책을 낼 수 있을 것 같다.

첫 직장을 관두고 첫 책을 썼다. 밤마다 다음날 출근하지 않아도 되니 마음 놓고 행복에 겨워서 썼다. 내 이름을 세상에 알리는 첫 번째 책이니 모든 문장이 비장해 보였다. 그 어떤 것도 가벼우면 안 된다는 생각에 수십 번 반복해서 문장을 고치고 고쳤다. 그렇게 탄생한 《달빛책방》이 《책장의 위로》로 개정되어 나오기까지 책을 대하는 자세가 변했다. 예전엔 삶의 위대한 기쁨과 슬픔을 대변하고, 사람들의 마음을 움직이고 변화를 이끄는 책만이 가치 있다고 생각했는데, 이제는 마음의 여유가 없다 보니 시시콜콜한 이야기를 들려주는 책도 자주 읽는다. 현재 나에게 좋은 주제는 가까이에 있는 것이고 나쁜 주제는 멀리 있는 것이다. 그래서 시시한 일상 이야기를 늘어놓는 책에도 관대해졌다.

무조건 생산적인 일에만 관심 있던 가치관도 변했다. 요즘 남편은 이직 준비에, 나는 가족 하나 없는 이곳에서 첫 돌도 안 된 아이를 홀로 키우면서 스트레스가 극에 달해 있다. 영주권 인터뷰도 앞두고 있고, 둘이서 다정하게 대화다운 대화를 나눌 시간도 없지만, 그 와중에 친한 친구 부부를 집으로 초대해서 닭 한 마리 정식(각종 야채를 넣고 끓인 육수에 삶은 닭고기를 부추양념장에 찍어 먹고, 닭 육수에 칼국수를 넣어 먹은 다음, 마지막으로 달걀을 풀어 죽으로 마무리하는 코스)을 해먹는다. 미국에 와서 살다 보니 요리 못하는 남편은 거의 보지 못했다. 한국의 수많은 배달 음식들이 그립지만 요리 잘하는 남자들이 가득한 이곳도 때론 살 만하다. 하긴 서로 돕지 않으면, 무엇 하나 우리 뜻대로 되는 것이 없는 외국에서 우리는 자멸하고 말 것이다.

통잠을 못 자고, 하룻밤 사이에 두세 번은 깨는 아이 덕분에 다양한 꿈을 꾼다. 예전부터 꿈 일기를 써왔기 때문에 요즘 꿈이 얼마나 공상과학적인지 알 수 있다. 예를 들어, 나의 꿈에선 남편이 갑자기 건물 화재로 타 죽거나 하늘에서 불기둥이 떨어져서 전 세계가 천천히 멸망하는 아주 구체적인 주제들이 넘쳐흐른다. 남편은 잃어버렸던 청바지를 찾고 좋아하는 꿈을 꾼다. 아침이나 저녁 시간에 남편과 이런저런—너무나 비생산적인—꿈 이야기를 주고받으며 웃는다. 어린 시절 극장에서 처음으로 보았던 영화에 대한 추억도 나눈다. 지금은 추억 속으로 사라져버린 극장에서 우리가 나이를 먹은 것보다 왠지 더 많이 늙어버린 레오나르도 디카프리오의 로미오 연기를 보며 눈물 흘렸던 그 시절이 다시는 돌아오지 않기 때문에 더욱 아련하게 느껴진다. 과거 회상씬에 항상 왜 인공 안개가 깔리고 세피아 필터(화면 전체가 갈색 톤으로 보이도록 촬영하기 위하여 사용하는 필터) 느낌을 내는지 알겠다.

이렇게 평범한 저녁 메뉴나 황당한 꿈 이야기를 쓰다 보면 내 앞에 닥친 큰일들을 의외로 담담하게 받아들이고 준비할 수 있다. "내일 지구가 멸망하더라도 나는 한 그루의 사과나무를 심겠다"라고 말한 스피노자적 삶이 정답이다. 하루하루가 긴장의 끈을 놓으면 불안, 권태, 지루함, 만성 피로, 팍팍한 생활비 걱정으로 좌절하기 쉬운 환경이지만, 우리는 아이가 웃을 수 있도록 세상에서 가장 단순한 놀이를 하며 내가 할 수 있는 가장 우스운 얼굴로 재롱을 피운다. 알록달록한 그림책을 수없이 반복해서 펼쳐서 읽어준다. 달님을 가린 구름 아저씨의 목소리를 더 굵게 내본다. 스프를 발에 흘린 곰을 더 발랄하게 '싹싹싹' 닦아준다. 오늘 당신이 한 가장 무의미한 일을 적다 보면 하루 동안 쌓인 스트레스가 날아갈지도 모른다. 한 번쯤 시도해보면 손해 볼 것 하나 없는 즐거운 놀이가 될 것이다.

## 이 책에서 저 글로 가는 길

재작년 일기장에 이런 문장이 적혀 있다. "Books are cold but safe friends(책은 차갑지만 안전한 친구이다)." 출처는 알지 못하지만 너무 맞는 말인 것 같다. 회사를 관두고 캐나다로 미술 유학을 떠난 이야기를 담은 《회사 그만두고 유학을 갑니다》는 내가 가끔 지나치게 대책 없이 미국 생활을 하는 것 아닌가 불안할 때 읽는 책이다. 미국과 마찬가지로 심심한 천국(북미는 심심해서 정말 죽을 수도 있다!!)인 캐나다에서 유학 생활을 했던 그녀의 이야기를 읽다 보면 차갑지만 안전한 유학을 꿈꿀 수 있다. 그녀는 "큰 결심을 하고 유학을 준비한다면 꼭 특정 대학을 목적으로 삼는 것이 아니라 어떤 일상을 살고 싶은지를 먼저 고민하고 그에 맞는 나만의 길을 만들어갔으면 한다"고 충고한다. 내 일이 너무 뜬구름 잡는 것처럼 아득하게 느껴지면 가고 싶은 대학의 온라인 강의 목록을 살펴본다. 당장 시작할 수는 없지만, 어느 정도 아이가 크면 듣고 싶은 강의 리스트를 만드는 일이 꽤 즐겁다. 전문적으로 학위를 따기 위해서 영어 실력부터 정교하게 다듬어야 하지만, 그 분야의 영어 단어나 문장들을 나만의 포트폴리오에 가득 채우고 계속 들여다보면 그 꿈에 가까워진 기분이 든다. 실제로 영어는 나와 관련된 문장들을 달달 외움으로써 유창해진다. 무엇보다 이 모든 과정은 돈이 들지 않는다. 그러니 Let's give it a shot with me right now(지금 당장 시도해보자)!

슬픔은 쓸수록 작아진다

# 행복하지만, 지독히 외롭고 쓸쓸한

적어도 쓰는 동안은 슬프지 않았다

# 팔 수 있는 감성이란 무엇일까

　　나의 어떤 감성을 팔 수 있을까 매일 고민한다. 지금까지 책에 대한 책, 그림에 대한 책을 썼는데 그다음은 무얼 써서 가치 창조를 할 수 있을까. 어떤 이야기가 시간 낭비를 하지 않고 시간을 잘 썼다는 생각을 들게 할까. 누구에게나 소중한 시간과 돈을 아깝지 않게 하는 책을 만들고 싶다. 누구보다 시간이 턱없이 부족한 사람으로서 누가 나의 시간을 낭비하는 걸 참지 못하기에 더욱⋯⋯.

　　나이 서른하고도 일곱, 163센티미터 키에 50킬로그램의 몸무게. 네 권의 책을 쓴 작가이자 한 아이의 엄마, 한 남자의 아내인 나는 평소 말수는 적지만 울음만큼은 남 부럽

슬픔은 쏠수록 작아진다

지 않게 많은 여자이다. 서른을 넘기고 한쪽 눈에 쌍꺼풀이 생겼고, 결혼식 날을 빼곤 한 번도 눈썹을 다듬어본 적도, 그려본 적도 없다. 왜 갑자기 눈썹 이야기를 꺼내냐 하면 어디선가 눈썹이 사람 인상을 결정한다는 걸 읽은 기억이 나서이다. 각진 눈썹, 일자 눈썹, 둥근 눈썹을 화장으로 만들 수도 있고 전문가의 손길로 다듬을 수도 있다. 본인의 머리카락이나 눈동자 색과 가장 비슷한 색의 셰도우를 골라야 자연스럽고 나이도 덜 들어 보인다고 한다. 메이크업 아티스트들은 눈썹, 눈두덩이, 입술, 볼까지 얼굴형과 피부 톤에 맞춰 최고의 밸런스를 찾기 위해 매일 연구한다. 작가인 나는 단어와 문장을 잘 조합해서 하나의 꼭지가 조화로운 얼굴처럼 보기 좋게 만들기 위해 매일 좋은 책을 읽으며 연구한다. 어떻게 쓰면 나이가 들어서도 읽고 싶어지는 글이 될 수 있을까. 무라카미 하루키는 나이가 들어서도 20대 청년이 소설을 쓰는 것처럼 글에 변함이 없다. 변함이 없다는 것은 작가에게 하는 칭찬일까 욕일까.

소설은 영미 쪽 소설을 좋아하지만, 에세이는 아무래도 정서가 비슷한 일본 작가들의 것에 쉽게 동요된다. 일본 작가들의 담백한 문장을 읽고 있으면 마음이 정화되는 기분이 든다. 우리나라 사람들이 번역을 잘하는 것일 수도 있지만 일본 에세이는 제목부터 읽고 싶게 만든다. 항상 내 옆에 두는 책들을 보면《당신의 주말은 몇 개입니까》부터《사는 게 뭐라고》,《채소의 기분》,《바다표범의 키스》,《시골은 그런 것이 아니다》,《약간의 거리를 둔다》,《매일매일 좋은 날》까지 다양하다. 대학 도서관을 집처럼 들락날락할 때 들인 습관인데 일본 에세이는 작가명보다 제목을 보고 고른다. 제목만 봐도 그 작가 책이다,라고 짐작 가능한 경험치가 있어서 아쉬울 때도 있지만 낯 모르는 작가의 일상을 '우연히' 훔쳐보는 재미도 있다.

> "뭐니 뭐니 해도 미용실의 가장 큰 즐거움은 타인이 나의 외모에 관해 시시콜콜한 부분까지 신경을 써준다는 것이다. 용모에 대해서가 아니라는 점이 중요하다. 용모는 간단히 바꿀 수 없지만 머리는 간단히 바꿀 수 있기 때문이다."
>
> ─ 우에노 치즈코, 《느낌을 팝니다》

그중에서 오늘은 시시콜콜한 일상을 재미있게 풀어

슬픔은 쓸수록 작아진다

내는 우에노 치즈코의 에세이를 골라 또 읽었다. 그녀는 "관심을 가져줬으면, 신경을 써줬으면, 나를 바라봐줬으면……" 하는 인간의 이면을 쿨하게 인정하고 나이가 들어서도 꾸미는 이들의 수고를 아름답게 표현한다. 하루 중 가장 즐거운 시간인 '목욕 시간'에 대한 애정도 나와 통한다. 아기가 생긴 이후로 더더욱 사랑하게 된 목욕(하루 중 내가 유일하게 혼자 있을 수 있는 시간이다!)은 내가 아파 쓰러지더라도 반드시 하고 자는 일과이다. 문제는 이 목욕을 좋아하는 사람은 이 세상에 널리고 널렸고, 작가는 이 목욕이 왜 좋은지 문학적이든 실용적이든 글로 표현해서 읽고 싶게 만들어야 한다는 것이다. 목욕과 비라는 단어만 봐도 떠올릴 수 있는 일본을 대표하는 감수성의 대가 에쿠니 가오리 작가도 내 경쟁 상대이다.

우에노 치즈코는 아오모리현의 노송나무 향유를 욕조에 뿌려 삼림욕하는 기분을 낸다고 적어놓았다. 소소한 취미에서 부리는 이 사치. 조금의 차이를 놓치지 않는 작가들의 쩨쩨함을 사랑한다. 나 같은 경우, 강력한 샤워기로 30분 정도 (내 기준에서) 빠르게 샤워를 하는데 방수가 되는 블루투스 스피커에 여러 배경음악을 틀어놓고 나만의 시간을 즐긴다. 목욕을 즐겁게 해주는 음악을 몇 개 추천해보면, 케이티 페리Katy Perry나 셀레나 고메즈Selena Gomez, 에이바 맥스Ava Max의 신나는 팝을 들어도 좋고 새롭게 떠오르는 인디 팝 싱어 클레어오Clairo, 사샤 슬론Sasha Sloan의 음악에 맞춰 그루브 있게 물장구를 쳐도 좋다. 데미안 라이스Damien Rice, 킹스 오브 컨비니언스Kings of Convenience같이 이슬비처럼 조곤조곤한 음악을 따라 불러도 기분전환이 된다. 이어스 앤 이어스Years & Years나 클린 밴딧Clean Bandit 같은 일렉트로닉 음악을 크게 틀어놓고 물줄기를 맞으며 몸을 흔들면 집에서 즐기는 작은 록 페스티벌이 된다. 최근에는 유칼립투스와 시트러스 향이 들어간 샤워젤로 청량감을 더한다. 별 거 아닌 목욕 시간이 나로 인해 두 배로 즐거워지길 바라며, 계속해서 스트레스를 풀 수 있는 음악과 향을 적어두고 공유해야겠다. 아, 영어 회화 실력을 늘리고 싶다면 영화《인턴》이나 미국 시트콤《모던 패밀리》,《빅뱅 이론》을 틀어놓고 반복해 들어도 신나고 재미나게 영어 듣기를 할 수 있다. 이렇게 글쓰기 실천 철학에서 깊이보다는 실용을 선택하겠다는 나의 쩨쩨함을 계속 밀고 나갈 예정이다.

미국 시골 생활을 2년 정도 하고 한국에 잠깐 들어갔을 때 샀던 책이 한 권 있다. 마루야마 겐지의 《시골은 그런 것이 아니다》. 이 얇은 책에는 유유자적하며 조용히 살고 싶어 시골에 가겠다는 도시 사람들에게 보내는 경고가 가득 들어 있는데, 특히 "하루가 다 가도 모를 정도로 전념할 것이 있어야 한다"는 부분을 아낀다. 왜냐하면 이 지루한 천국에서 시간을 보내려면 아주 강력한 취미나 일이 있어야 한다는 걸 매분 매초 느끼고 있기 때문이다. 다른 일 따위는 중요하지 않다고 생각할 정도의 강한 목적 없이는 이곳에서 오래 버티지 못한다. 그러니 여기서 내가 만들어낼 수 있는 (혹은 팔 수 있는) 감성이라는 것이 추상적이기보다 의식주와 같이 구체적일 때가 많다고 말하고 싶은 것이다. 다시 한 번 강조하지만, 확실한 목표 없이 글쓰기에 도전해서는 안 된다. 기분전환은커녕 절망의 구렁텅이에 빠질 가능성이 높다.

# 작가가 생계를 유지하는 법

아침으로 크로와상 샌드위치를 든든히 챙겨먹고 나와, 차가운 공기를 맡으며 도서관에서 가장 좋은 자리에 앉았다. 약속이 있건 없건 학교에 오는 건 좋은 일이다. 최근에 안 좋은 일들이 겹치면서 평정심을 잃었었는데, 가치 있는 소비를 하고 매일 밖에 나와 일을 하다 보니 몸 상태가 많이 좋아졌다. 스스로에게 동기를 부여하고 슬픈 감정을 없애기 위해 전자책도 많이 샀다. 그 중 《밥벌이로써의 글쓰기》는 글쓰기로 살아가는 나에게 여러 고민과 함께 글 쓰며 사는 삶에 대한 팁도 던져주었다. 예를 들면, '작가가 미국에서 집을 사는 법'을 배울 수 있다! 차를 바꾸려고 알아보다가 우리는 지금 타는 차를 조금 더 아껴주기로 결론 내렸

슬픔은 쏠수록 작아진다

는데 이 글을 읽어보니, 정확한 이유를 알 수 있었다. 미국의 세금 폭탄은 상상 초월이니 수입적으로 여유가 생기면 차를 바꾸는 것이 현명해 보인다.

책은 굉장히 현실적인 '작가 생활'을 이야기한다. 영미권이기에 출간 가능한 인터뷰집인지도 모른다. 우리에겐 이런 다양성이 존재하지 않으니 말이다. 나는 전업 작가로 살면서 책을 써서 번 돈보다 책을 편집해서 번 돈이 더 많다. 가끔 들어오는 칼럼은 (이 책의 주 저자인 '록산 게이'처럼) 내가 글을 빨리 쓰고 직업의식이 확고한 편이라 꽤 좋은 수입원이 된다. 시간관념이 철저하고, 계획대로 일을 차례차례 진행하는 걸 즐기기 때문에 편집일도 계속할 수 있다. 하지만 '꼬박꼬박 들어오는 급여'가 주는 안정감은 느낄 수 없다. 남편의 수입이 없었다면 지금과 같은 생활을 유지할 수 없을 것이다. 이 점에서 작가로서의 자부심이 바닥으로 떨어진다. 집세의 70프로도 책임지지 못하는 인세 수입이라니⋯⋯ 한순간 자부심이 자괴감으로 바뀐다.

작가로서 '전투적으로' 살고 있다고 생각하지 않는다.

이 책에 따르면 "작가가 더 이상 돈 걱정을 하지 않아도 되는 지점" 따위는 없다. 오로지 작품을 쓰는 일만 있을 뿐이다. 이곳에선 강연이나 글쓰기를 가르치는 일로 부수입을 올리지 못하기 때문에 나는 오로지 컴퓨터를 통해 온라인으로 돈을 벌어야 한다. 시간을 쪼개서 지금 이 글을 쓰고 있는 이유는 누군가 나의 '작가와 편집자로서의 분투기'에 관심을 갖고 내 이야기를 '돈을 주고' 지면에 실어줄지도 모른다는 희망을 갖고 있기 때문이다. 《밥벌이로써의 글쓰기》는 이런 희망 고문 따위 하지 않는 냉정한 책이다. "작가로만 지내는 것은 울타리 너머 세상을 탐험해야 할 때 우리에 갇혀 같은 조랑말들하고만 친하게 지낸다는 의미"라고 시인 자가예프스키는 충고한다. 전업 작가로만 살아가면 '본업'이 사라진 상실감과 함께 제때 내지 못한 공과금 영수증에 시달리게 될 것이라고 경고한다.

매일 반복되는 일의 고단함은 어디를 가나 나를 따라다닌다. 남편과 나는 한국에서 지낼 때와는 다른 문제로 싸운다. 한 직장을 3년 이상 다니기 힘들었던 내가 '본업'이 없는 이곳에서 3년이 가까운 시간을 버티고 있다. 얼마나 더

이 생활을 즐기거나 혹은 버틸 수 있을지는 미지수다. 잊을 만하면 조직 개편을 하고 직책에 따라 책상 의자를 움직일 수 있는 바닥 칸수를 정하고 연차가 낮을수록 출입문에 가까운 책상에 앉았던, 그 숨 막히는 칸막이 사무실을 떠올려보면 지금 나의 작업 환경은 너무 좋아서 문제가 될 정도이다. 하루 종일 햇빛이 가득 들어오는 창가에서 업무와 상관없는 소설책을 읽어도 아무도 뭐라고 하지 않는다.

그러나 나는 때때로 지리멸렬한 권태를 느낀다. 정의할 수 없는 삶에 대한 허무에 허덕인다. 언제 정규직으로 전환될지 몰라서 누구보다 적은 월급을 받고 가장 열심히 일했던 십 년 전엔 알지 못했던 다른 형태의 좌절을 맛본다. 이대로 세상에서 완전히 잊힌 존재가 될 것만 같다. 내가 쓰는 모든 글이 휴지조각처럼 버려지는 악몽도 자주 꾼다. 현재의 삶을 불평하는 건 아니지만, 이대로 사는 건 작가로서의 삶에 더 이상 큰 도움이 되지 않다는 걸 매순간 깨닫고 있다. 집과 도서관 바깥에 더 큰 세상이 있다는 걸 다시 몸으로 느끼고 싶다. 이 핑계로 운동화와 모자, 두꺼운 양장본을 넣어도 가벼운 나일론 백, 캔버스백을 잔뜩 샀다. 작가 이

윤 리의 충고처럼 무엇보다 작가는 세상 속에 있어야 함으로……

────────────── 이 책에서 저 글로 가는 길

《밥벌이로써의 글쓰기》에서 작가가 책을 출간하는 단순한 목적이 명쾌하게 밝혀진다. 존 로버트 레논의 말을 빌리면 "우리는 과시욕이 있기 때문에 출간한다. ……출간하는 사람에게 출판에 대해 이야기하려고 출간한다. 작가 증정본을 받고, 직업을 얻고, 섹스를 하려고 출간한다. 뉴욕에 가는 명분을 찾으려고, 컨퍼런스에서 비판거리를 찾으려고, 비행기 안에서 자랑거리를 찾으려고 출간한다." 그래! 인정할 건 인정하자. 우리 모두에게 있는 과시욕을 가장 건전하게 발휘하는 방법으로 출간만큼 좋은 것이 없다. 무심한 듯 시크하게 프랑스 여자처럼 차려입고 독자와의 만남에 작가로서 참석하기 위해 글을 쓴다. 만남은 2시간이면 끝나지만, 책은 200일이 넘어야 겨우 완성할 수 있을까 말까 한다. 그러니 작가들에게는 그럴듯한 이벤트라도 있어야 컴컴한 지하실에서

아무도 돈을 주지 않는 글을 쓴다는 자괴감에서 잠시나마 벗어날 수 있다. 작가가 돈만 밝힌다고 속물이라 비난하지 말고 인세가 주는 창작의 힘을 믿어주자. 한 권이라도 더 팔려야 다음 책을 쓸 체력과 식비가 생긴다.

# 나와 관련 있는 문장을 외운다

"나는 작가라는 자의식 하나로 제아무리 강한 세도가나 내로라하는 잘난 사람 앞에서도 기죽을 거 없이 당당할 수 있었고, 아무리 보잘것없는 밑바닥 인생들하고 어울려도 내가 한치도 더 잘날 거 없었으니 나는 참으로 대단한 빽을 가졌다 하겠다."

— 박완서, 〈나에게 소설은 무엇인가〉

'나의 아름다운 고독'을 외치던 시절은 끝났다. 이제 하루가 어떻게 흘러가는지 겨우 손가락으로 그려볼 수 있는 여유가 생겼다. 누워만 있던 아이가 기고, 기기만 했던 아이가 앉고, 앉아만 있던 아이가 서서 논다. 귀찮고 또 귀찮은

슬픔은 쓸수록 작아진다

이유식 만들기도 익숙해졌고 내 밥도 함께 챙겨 먹으며 간식도 나눠 먹는 그런 시간도 있다. 이렇게 점점 이 모든 육아의 과정들이 내 몸에 달라붙는다. 반복해서 몸에 달라붙은 습관으로 일상이 지탱되는 나에게 글은 언제나 안식처인 동시에 현실도피처이다.

얼마 전에 트위터에서 본 박완서 선생님의 저 말은 작가라면 누구나 가지고 있는 '자의식'에 대한 교과서 같은 정의이다. 글을 쓰는 사람으로서 그 어떤 이 앞에서도 기죽을 필요가 없다고 생각했다. 괜찮지 않은 상황도 괜찮게 만들 수 있는 힘이 내가 쓰는 글에 있다고 믿었다. 돈이 없어서 아르바이트를 달고 살았을 때도 당당할 수 있었다. 괜찮아, 난 이 모든 걸 글로 만들 거니깐…… 하루가 흘러가면 그대로 잊어버리는 너희와 나는 달라……. 오랜 타지 생활로 경력이 단절되고 그나마 이어져 오던 인연들이 하나둘씩 사라져갈 때도 고독과 고립이 나를 내면적으로 더 성숙하게 만들어줄 것이라고 막연히 믿었다.

하지만 언제부터였을까. 살아내는 일이 힘겨워서 책이

눈에 들어오지 않았다. 몸이 따라주지 않으면 글도 집중해서 쓸 수 없다. 펜을 들 힘은 남아 있었지만 쓸 말이 없었다. 길고 긴 터널 안에 갇힌 듯한 무기력함은 다행히 오래 가지 않았다. "사람들은 늘 자신을 다른 사람보다 우월하게 느낄 방법을 찾는다"고 엘리자베스 스트라우트가 말했듯이 곧 나는 극한 상황을 다른 사람들과 다르게 받아들이는 능력이 내 자신에게 있다는 걸 알았기 때문이다. 그 능력을 키우기 위해 온 시간과 정성을 책에 쏟아부었으니까.

여러 권의 책을 동시에 읽으며 지금의 나를 '정확하게' 표현해주는 문장을 찾는 일은 평생 해도 질리지 않는 취미이다. 이 취미는 영어 공부로도 이어지는데, 나와 관련된 문장을 듣거나 보기만 하면 우선 적고 본다. 그러면 어느 순간 딱! 그 문장을 쓸 수 있는 때가 온다. 최근엔 EBS 프로그램에서 배우고 적어두었던 영어 문장을 한 아이의 부모 앞에서 써먹었다. "One of the aspects of life where you have to practice the most patience is parenting(당신의 삶에서 가장 많은 인내심을 필요로 하는 부분 중 하나로 육아가 있어요)." 우리 둘 다 쉴 새 없이 움직이는 아기를 쫓아다니느라 바빴고 순간적으로 서로 눈이 마주쳐서 한숨을 쉬며 이 문장을 공유할 수 있었다. 나와 직접적으로 관련 있는 문장만 챙기며 살고 있지만, 더 많은 경험이 쌓이면 응용해서 다른 영어 문장을 말할 수 있게 될 것이다. 문장을 받아적는 일에서 내 문장을 새롭게 창작하는 일로 발전했듯이.

## 이 책에서 저 글로 가는 길

"내 말 들어요. 아무리 책을 읽고 공부했다고 해도 알래스카의 겨울은 처음 맞잖아요."《나의 아름다운 고독》은 패배자처럼 살던 가족이 극한의 알래스카로 이주하면서 벌어지는 이야기를 담은 소설이다. 처음 미국으로 이주했을 때의 나와 남편을 떠올리며 읽고 있다. 물론 이곳은 알래스카처럼 자연밖에 기댈 곳이 없는 오지는 아니다. 천 가지의 위험이 도사리고 있지도 않다. 하지만 우리가 미국 시골의 겨울을 보내고 다음 해를 보내면 보낼수록 이곳에서 고독해서 죽을 수도 있다는 생각을 했다. 글로 보고 배운 미국과 전혀 다른 미국이 나를 집어삼켰다. 매일 지겹도록 해먹는 집밥(집밥 조선생이 따로 없다), 나가도 주차장이 건물보다 큰 1층짜리 별 볼 일 없는 건물들(미국 시골에선 초보자도 주차 달인이 될 수 있다), 가족 하나 없이 보내는 지독히 외로운 할리데이들(시댁이라도 가고 싶다), 중요한 순간에 튀어나오지 않는 영어 문장들(어, 어 하다가 에,에 하고 단문으로 끝나는 말들), 일이 쏟아지면 예민해지는 남편, 긴 겨울 내내 내리는 눈과 미시간 호수의 거친 바람, 바람, 바람, 평생 하지 않은 익숙잖은 운전, 필요에 의한 차가운 만남들, 갑자기 찾아온 고통스런 입덧, 40도의 열과 통증을 동반하는 유선염…… 등등 책과 글쓰기로도 극복되지 않은 일들이 너무 많다. 하지만 이 세상에 사연 없는 사람이 어디 있겠는가. 이 모든 사연은 한국에서만 살던 내가 절대 경험할 수도 없고 쓸 수도 없는 살아 있는 이야기가 된다. "날씨와 고립은 어떤 사람들을 미치게" 만들기도 하지만 어떤 사람들에게 평생 쓸 수 있는 연료로 재탄생되기도 한다.

# 내 책을 빌려달라고 말하는 사람들에게

    활자를 보는 일은 언제나 즐겁다. 그것이 한글이든 영어이든 상관없이 다 좋다. 한글은 더 잘 읽고 더 잘 쓰기 위해 심도 있게 읽고, 영어는 모르는 것을 알고 이해하고 싶어서 쉬운 글도 꼼꼼히 읽는다. '그림책으로 놀아주는 부모'가 되기 위해 아이 책도 열과 성을 다해 읽어준다. 질릴 때까지 반복해서 읽어도 괜찮다. 아이의 눈은 점점 초롱초롱해지니깐. 동화책도 매일 똑같이 읽어주기보다 새롭게 그림 안에 있는 다른 사물(글에서 이야기해주지 않는 그늘까지도……)을 이야기해준다. 나는 이야기에 중독된 사람이라 지루하기만 한 정치적 사건 앞에서도 암시와 리얼리티를 찾아내기 위해 기꺼이 내 시간을 바친다.

"내가 당신 책의 끝장에 다가감에 따라 이루 말할 수 없는 안타까움이 나를 사로잡았습니다……. 그래서 나는 아주 천천히, 아주 신중하게 당신의 책을 읽습니다. 그래도 남은 페이지의 양이 줄어들 때마다 마치 무엇과도 바꿀 수 없는 귀중한 무엇을 잃어버린 느낌을 지울 수 없군요."

–제임스 미치너, 《소설–하》

위의 글은 《소설》 속 화자인 루카스 요더 씨의 소설을 읽은 독자가 보낸 편지의 일부이다. 이런 편지를 전 세계의 독자들에게 받을 수 있는 작가는 얼마나 행복할까. 아끼는 책의 끝이 다가올수록 안타까워서 까맣게 밤을 지새웠던 밤들이 생각난다. 모든 책은 작가가 쓴 것으로 끝나지 않는다. 독자들의 개별적인 삶으로 들어가 새롭게 태어난다. 우리 삶을 지탱해주는 몇 가지의 것들은 의식주로 설명되지 않는다. 나이를 먹어갈수록, 사진만큼이나 내가 읽어둔 책과 기사, 외워둔 노래 가사나 영화 속 대사 같은 글들이 마음의 구멍을 메워준다. 내 책을 읽고 남긴 독자들의 리뷰를 읽으며 기운을 얻는다. 가령, 내가 의도했던 대로 별 거 없는 일상에 그림 한 조각을 얹으면 꽤 괜찮은 하루가 될 수

슬픔은 쓸수록 작아진다

있었던 작년의 글들이 올해 타인의 삶으로 파고 들어가 그림 하나라도 더 보게 한다면 더없이 기쁠 것이다.

이렇게 글로 만나는 사이에는 못할 말이 없지만, 실제 말을 섞고 식사를 나누는 사이에서 내 글에 대해 길게 이야기하는 경우는 거의 없다. 그들은 쉽게 책을 빌려달라고, 나에 대해 알고 싶다고 말하지만, 이제 나는 더는 내가 쓴 책을 (직접) 선물하지도 빌려주지도 않는다. 스스로 내 책을 사지 않는 사람에게 내 책을 건네지 않는다. 그들을 인간적으로 싫어하는 건 아니지만—오히려 만나면 즐거운 사이에서도—글을 쉽게 대하는 이들에게 내 글을 나누고 싶지 않다. 왜냐하면 글자를 읽는 일은 언제나 즐겁지만, 글을 쓰는 일은 고통이 따르기 때문이다. 그 고통을 가볍게 건네주고 싶지 않다. 내 안에 자리한 가장 깊숙한 슬픔을 글이 아닌 말이나 표정으로 전달할 방법을 배운 적이 없다. (아마 내가 만날 때마다 그런 이야기를 한다면 아무도 나를 만나려고 하지 않을 것이다.) 설명할 길이 없는 고통에 대해 구구절절 설명하고 싶지도 않다. 그러니, 제발 내 책을 빌려달라는 말은 그만해줬으면…….

"세상에 어떤 사람들이 살고 있으며, 그들은 어떻게 살고 있는가?"라는 질문은 "왜 읽는가?"라는 질문과 결을 같이 한다. 나는 어떤 사람인가? 당신은 또 어떤 사람인가? 이런 근본적인 물음에 답하기 위해 서로가 편지를 주고받는다면 가장 본질적인 답을 얻게 될지도 모른다. 나와 끈질기게 메일을 주고받을 수 있는 사람을 만나고 싶다. 꼭 메일(글)로만 만날 수 있는 속 깊은 사람을 찾고 싶다. #사랑하는_책 혹은 #함께읽고싶은_책 같은 태그를 주고받으며 함께 독서일기를 써나갈 사람을 구합니다. 우선 "말은 자란다. 어릴 적의 나는 '자라게 하는 말'을 많이 듣지 못했다. 하지만 듣지 못했다고 해서 다른 이에게 해줄 수 없는 것은 아니다"라고 말한 김윤나 저자의《말그릇》을 벗 삼아 말그릇을 예쁘게 다듬는 연습부터 해두어야겠다.

# 어떻게 사랑하면 되나요

"캐롤이 천천히 손을 들어 머리 한쪽을 쓸어내리더니 반대편도 한 번 더 쓸어내렸다. 테레즈는 미소를 지었다. 저게 바로 캐롤 특유의 동작이다. 저 모습이 바로 테레즈가 사랑했던, 그리고 앞으로도 사랑할 모습이다. 이제는 좀 달라질 것이다. 테레즈가 달라졌기 때문이다. 이젠 캐롤을 온전히 다시 만날 것이다. 그럼에도 캐롤은 그 누구도 아닌 여전히 캐롤이며, 앞으로도 캐롤일 것이다."

―퍼트리샤 하이스미스, 《캐롤》

서스펜스 작가로 알려진 퍼트리샤 하이스미스의 유일한 연애소설 《캐롤》은 2015년 개봉한 토드 헤인즈 감독의 영화 〈캐롤〉의 원작 소설이다. 1952년 출간된 이 소설의 원제는 '소금의 값'이란 뜻의 "The Price of Salt"이다. 원제에서 작품에 대한 힌트를 찾아보면, "어찌해야 이 세상을 되살릴 수 있을까? 어떻게 해야 이 세상의 소금을 되찾을 수 있을까?"가 아닐까. 이 영화가 흥행에 성공한 이유는 두 주인공이 '해피엔딩'을 맞이하기 때문이다. 50년대 당시, 동성애는 죄악과 같았기에 동성애자들의 스토리는 모두 비극으로 끝났는데, 이 소설만큼은 다르다. 백화점 인형코너에서 보름간 일했던 실제 경험을 바탕으로 하이스미스는 자신의 성적 정체성을 드러내며 당시에도 파격적이고, 현재 읽어도 세련된 러브스토리를 만들어냈다.

루니 마라(테레즈 역)와 여신 케이트 블란쳇(캐롤 역) 주연으로 재탄생한 〈캐롤〉을 뒤늦게 아이튠즈에서 다운받아 보았다. 물론, 미국 계정에서 영화를 보면 한글자막 따윈 지원되지 않는다. 영어 CC(폐쇄자막Closed Caption)에 의존해 감으로 느끼며 영화를 보았다. 원작 소설은 '그책' 출판사에서 나온 번역본으로 미리 읽어두었다. 영화는 소설 속 테레즈의 직업을 무대 디자이너에서 포토그래퍼로 바꾸고,

슬픔은 쓸수록 작아진다

테레즈에게 애정을 느끼는 대니의 직업도 물리학자에서
《뉴욕타임스》기자로 만들어놓았다. 극적인 요소로서 좋은
변화인 것 같다. 서로를 굳게 믿는 감독과 배우와 작가와 의
상디자이너(의상감독인 샌디 파웰은 잡지《보그》를 보며 극 중
캐롤의 장갑에 대해 영감을 얻었다고 한다)와 음악감독이 혼연
일체가 되어 종합예술의 정점을 보여준다. 넷플릭스 〈하우
스 오브 카드〉의 여운이 가시질 않아 무얼 봐도 시큰둥했
는데, 아름답고 우아한 〈캐롤〉 덕분에 제정신을 차릴 수 있
었다.

카메라 렌즈를 통해 캐롤을 바라보는 테레즈의 시선이
에드워드 호퍼의 그것처럼 차분하게 뜨거워서 좋았다. 캐
롤과 테레즈의 각기 다른 스타일은 명화를 보는 듯한 착각
을 불러일으킬 만큼 원색의 조화를 이룬다. 번역에 대한 찬
반이 분분했던 대사 'flung out of space'(걸걸하면서 부드럽
고 우아한 케이트 블란쳇의 음성을 듣는 순간 검색했다)도 날것
그대로 받아들였다. '우주에서 떨어진 것 같은' '별에서 온'
사람이라는 표현을 연인에게 듣게 된다면 누구나 녹아내릴
것이다. 우리는 '누구나' 다른 이들과 다른, '특별한' 사람

과의 사랑을 꿈꾸지 않는가.

테레즈는 캐롤을 통해 달라졌다. 겉모습뿐만 아니라 내면까지도 새로 태어났다. 여기서 여자와 여자라는 관계는 큰 걸림돌이 되기도 하고, 장점이 되기도 한다. 리처드나 대니는 채워주지 못하는 걸 캐롤은 채워준다. 테레즈는 지금까지의 인생이 행복했든 말든 상관없다. "왜냐하면 오늘 이 시간부터 행복해졌기 때문이다. 부모와 배경 따윈 아무 필요 없다"고 생각했기에. 소위 '정상'이라 자부하는 사람들은 이런 사랑을 '광기'라 부르고 싶겠지만 이건 분명 '축복'이다. 영화 포스터에 적혀 있는 대로 어떤 사람은 당신의 인생을 영원히 바꿔놓을 것이다(Some people change your life forever). 앞서 인용했던 글의 다음은 아래와 같다.

"두 사람은 천 개의 도시, 천 개의 집, 천 개의 외국 땅에서 함께할 것이다. 그리고 천국이든 지옥이든 같이 갈 것이다."

천 개의 도시, 천 개의 집, 천 개의 외국 땅에서 함께할 사랑을 만난 이의 절절한 고백이 감정이 메마른 나에게도 촉촉한 감수성을 선물한다. 영화를 본 사람들이 최고의 장면으로 꼽는 마지막 캐롤의 미소가 이 모든 것을 증명한다. 하지만 이 작품의 해피엔딩은 가슴이 시리게 아프다. 슬픈 해피엔딩이 궁금한 이들이라면 이 소설과 이 영화를 반복해서 읽고 봐야 할 것이다.

———————————————— 이 책에서 저 글로 가는 길

나도 감옥처럼 체계적인 백화점에서 일한 적이 있다. 소설 《캐롤》에서 리처드가 테레즈에게 "당신은 참 달라. 남들은 못해도 당신은 몇 주만 지나면 그곳에서 벗어날 수 있다고 굳게 믿는 것 같아"라고 말했듯이 주말이면 백화점에서 여덟 시간 일했지만 나는 그곳을 잠시 스쳐나가는 곳이라 여겼다. 실제 당시 휴학생 신분이었고 평일에는 과외 수업을 통해 돈을 벌고 주말에만 취미 삼아 백화점에 나갔다. 물건을 보는 것도 사는 것도 좋아했기에 계속했다. 매니저, 시니어, 주니어 순으로 매장마다 판매직원의 직급도 나눠 있었다. 직급에 따라 점심을 먹으러 가고, 휴식 시간도 달랐다. 잠시 연애와 학업은 쉬고, 돈 버는 일에만 매진했던 그때. "다들 누

군가에게 영혼을 담보 잡힌 채 살아가는 것"처럼 보였기에 더 책 읽기에 몰입했다. 작가가 될 수 없다면 무슨 일을 하게 될까? 내 인생은 갈팡질팡의 연속이었지만 창문 없는 그곳에서 사물처럼 사람을 관찰하고 보냈던 기억만큼은 선명하게 남아 있다. 나도 하이스미스처럼 백화점 직원이 등장하는 소설을 여러 번 구상했다. 세상 거의 모든 물건들을 다 파는 그곳에서 사지 못하는 것이 있다. 그것은 '사랑'과 '존경'이다.

# 사람들은 내게 소설을 '써'보라고 말한다

에세이만 벌써 다섯 권째 쓰고 있는 나에게 주변 사람들은 이제 소설을 한번 '써'보라고 말한다. 마치 에세이는 소설보다 못한 장르처럼, 누구나 쓸 수 있는 것처럼 쉽게 말한다. "이번에도 에세이야?"라고 신간을 구간처럼 대한다. "작가님, 이제 소설에 도전해보세요!"라는 편지도 받아보았다. 한때 '소설가 지망생'이었던 나는 대학 졸업 후 편집자가 되었고, 편집자를 그만두고 에세이를 쓰는 작가가 되었다. 그런데 내가 되지 않은 것이 있다. 진짜 작가라고 불리는 '문학가'. 문학 중에서도 특히 시는 감히 넘볼 수 없는 영역처럼 느껴진다. 시인은 만들어지는 것이 아니라 태어나는 거니까. 자신은 '실패한 시인'이라고 말했던 윌리엄

포크너처럼 나는 '실패한 소설가'이다. 단편 소설은 몇 편 써두었지만 장편 소설에 도전하기엔 내게 아직 부족한 것이 있다. 소설을 완성하겠다는 의지가 없다. 이유가 무얼까. 마치 짝사랑이 이루어지면 그 사랑이 사라질까 두려워하는 것처럼 소설가가 되면 모든 소설이 싫어질까 봐 두렵다. 좋아하는 소설을 반복해서 읽는 것은 내가 수영이나 목욕보다 좋아하는 유일한 행위다.

사전적 정의에 따르면 소설은 "사실 또는 작가의 상상력에 바탕을 두고 허구적으로 이야기를 꾸며 나간 산문체의 문학 양식"이다. 상상력을 바탕으로 허구적으로 이야기를 꾸며 나가기 위해서는 지금까지 살아왔던 삶의 방식을 바꾸어야 한다. 미국의 작가이자 사회운동가 토니 케이드 밤바라는 "장편을 쓰려면 보통 오랫동안 다른 일을 중단해야 했다. 독서와 간간이 강의를 하는 것 외에는 다른 어떤 일도 할 수 없었다. 간단한 업무상 쪽지 하나도 제대로 처리할 수 없었다"라고 고백한다. 사람들이 쉽게 쓴다고 생각하는 에세이는 엄마 노릇 아내 노릇에 다른 모든 일들까지 처리하면서도 쓸 수 있는 장르다. 삶의 양식을 바꾸지 않고

슬픔은 쓸수록 작아진다

도 쓸 수 있는 것이다. 그럼에도 한 권씩 마감할 때마다 모든 인간관계에 소홀해지고 극도로 예민해져서 평소라면 쉽게 넘어갈 일에도 화를 낸다. 에세이도 이 정도인데 내 이름을 걸고 꿈의 '소설'을 출간한다면, 단어 하나 문장 하나 그냥 넘어가지 못할 것이다. 무언가를 불에 올려놓고 태워먹기 일쑤일 것이다. 주변 사람들이 하는 말을 제대로 못 듣고 계속해서 소설 생각을 할 것이다. 과연 오랫동안 작가 이외의 모든 책임과 의무를 중단하고 소설에 몰두할 수 있는 시간이 내게 온전히 주어질까?

이 출판사 저 출판사를 옮겨 다니면서 영미소설, 일본소설 몇 권도 편집해보았지만, 소설은 역시 독자로서 읽을 때가 가장 좋다. 이상하게 내가 쓰면 끊임없이 의심하게 된다. 이것도 소설이라고 할 수 있을까. 나의 상상력에 의존한 소설 속 세계가 한없이 초라하게 느껴진다. 열 문장을 썼지만 겨우 한 줄만 남는 일도 허다하다. 다시 기존에 내가 쓰던 독서에세이나 그림에세이로 돌아가고 싶다. 그래도 나는 밤마다 소설을 쓴다. 영영 출간되지 못하고 컴퓨터 속에 처박히더라도 소설을 쓰는 동안은 전혀 다른 '조안나'가 될 수 있어서 좋다. 나와 나를 둘러싼 것들로 채워진 에세이와는 확실히 다른 소설 쓰기만의 매력이 있다. 평소의 조안나라면 할 수 없는 말과 행동이 이끄는 삶에는 '기이하고 저돌적이고 절박한' 뭔가가 있다. 아무리 꺼버리려고 해도 꺼지지 않는 불씨가 있다. 죽기 전에 소설가로 데뷔할 수 있는 날이 올 것이다. 그곳에는 왠지 잊고 살았던 내 쌍둥이가 살고 있을 것만 같다.

## 이 책에서 저 글로 가는 길

프리다 칼로의 그림 이야기《밤은 길고, 괴롭습니다》를 쓴 시인 박연준은 "모든 예술 작품은 고장 난 날개와 같다. 쓰임을 물으면 금세 빛이 바랜다. 날 수 없는 날개들, 빛나서 더 처연한 날개들"이라고 말했다. 그렇다. 내게 소설은 "고장 난 날개"처럼 느껴진다. 날 수 없는 날개를 달고서 날아보려고 노력하는 이들의 처연한 이야기. 반복해서 읽으면 언어에서 리듬이 느껴지기도 하는 신비로운 장르. 실용서, 에세이, 경제경영서에서는 절대 찾아볼 수 없는, 쓸모없어 보이는 이야기

슬픔은 쓸수록 작아진다

에 미쳐 20년이 넘게 소설가 지망생으로 살고 있다. '당신의 꿈은 무엇입니까'라는 질문에 대답은 언제나 '소설가'인 것이 좋다. 세월이 꿈같이 흘러가버렸지만 내가 읽어댔던 수많은 소설은 고스란히 내 삶의 빈 곳을 채워준다. 빈 곳은 계속 만들어지고 있지만 좋아하는 소설은 계속 생겨나니 너무나 경제적인 상호 관계이다.

# 외로움은 어떻게 돈이 되는가

운전을 할 수 없어 (남이 운전해주지 않으면) 집 밖으로 마음대로 나갈 수 없는 미국 생활이 지겨워 한국으로 도망쳐와 있다. 수천 명의 사람이 출퇴근하는 번화가로 매일같이 나갔던 내가 집에 자발적으로 갇혀 지냈던 처음 일 년은 정말 행복했다. 일어나고 싶을 때 일어나고, 자고 싶을 때 자고, 먹고 싶을 때 마음껏 천천히 먹을 수 있는 자유. 그 자유를 누리면 누릴수록 도시를 떠나오길 잘했다고 생각했다. 세상 그 누구도 부러운 사람이 없었다. 하.지.만…… 그 행복은 오래 가지 않았다. 나는 곧 넓고 파란 하늘도, 혼자 먹는 아침과 점심도, 매일 마시는 최고급 로열 케인슈가를 한 스푼은 넣은 에스프레소도 다 필요 없으니 도시에 데려다 달

슬픔은 쓸수록 작아진다

라고 울부짖고 있었다. 아, 제발 제발 그만 고독하고 싶었다.

고독하던 시절의 힘(?)으로 《월요일의 문장들》을 탈고 했다. 그 책을 쓸 때만 해도 팍팍한 삶을 살던 월화수목금 노동자가 천조국에서 남편이 벌어다주는 돈을 쓰며 행복하게 살고 있다고 넌지시 이야기했던 것 같은데, 지금의 나는 또 그때의 나와 너무 다르다. 외딴 미국 시골 카운티에서 올해가 지나가고 내년이 오면 더 행복해질 것이라고 장담할 수 없다. 엄마 노릇을 하면서 내 일을 한다는 것 자체가 불가능하고, 매일 일기를 쓰지 못하고 곯아떨어지기 바쁜데 무슨 책을 완성할 수 있겠는가. 아이가 낮잠을 잘 때 넷플릭스에 올라온 〈넥스트 인 패션〉을 봤는데, 디자이너들이 옷감이 차곡차곡 쌓여 있는 곳을 보고 소리를 지르는 장면이 있었다. 나도 대형 서점만 가면 그 디자이너들처럼 감정이 벅차오르는 것을 보면 아직 열정을 완전히 다 잃어버린 건 아닌가 싶다. 책과 문장만 가득한 방에 2주간 갇히면 책 한 권을 뚝딱! 쓸 수 있을 것 같은데…….

처음 읽는 책이지만, 언젠가 읽었던 책 같은 마르그리트 뒤라스의 《물질적 삶》에는 이런 문장이 나온다. "여자는 어머니로 살고 아내로 사는 내내 자신만의 절망을 분비한다. 매일의 절망 속에서 자신의 왕국을 잃게 되고, 평생 동안 그럴 것이다." 나는 아니다,라고 강력하게 부정을 하고 싶지만 작년부터 젊은 시절의 갈망, 힘, 사랑이 빠져나가는 것 같았다. 엄마이기 전에 작가였던 삶이 기억나지 않을 정도로 아이와 집이라는 공간이 나라는 존재를 집어삼켰다. 남편은 한국에 사는 다른 남편들보다 육아와 집안일에 깊게 참여해주었지만, 어디까지나 육아는 그의 '사이드 잡'이다. 그는 해야 하는 일이 있고, 나와 달리 직장이 있고, "절대 저버릴 수 없는 책임"이 있기에 아이와 집은 주로 내가 돌봐야 한다. 타국에서 아이를 혼자 돌본다는 건, 매일 번지점프를 하는 것과 비슷하다. 나는 내 삶의 비타민이었던 고양이를 포기했다. 남편이 아이를 전적으로 봐주면서 내게 허락되었던 창작 시간이 차를 도둑맞은 후부터 사라졌다. 그놈의 자동차 보험, 경찰서, 자동차 딜러샵, 렌트카 업체와의 끝없는 통화와 조율 때문에 남편은 거의 정신을 잃었다. 밤중 수유가 11개월까지 계속되었고, 축적되는 피로와 한숨이 집 안을 가득 채웠다.

뒤라스는 말한다. "제일 압도적인 것은 배고픔이나 두려움이 아니라 외로움이다"라고. 아이를 재우고 잠시 맞이하는 휴식 시간에 뼈가 시릴 정도로 외로웠다. 그 감정을 언어로 콕 집어 '외로움'이라고 말할 수 있는지도 확신할 수 없다. '외로움'의 사전적 정의는 '홀로 되어 쓸쓸한 마음이나 느낌'이다. 영어 'lonely'의 형용사적 의미에 '인적이 드문, 쓸쓸한'이란 뜻도 있는 걸 보면 맞는 것도 같다. 아이와 나, 남편뿐인 이 땅에서 나는 하루가 어떻게 흘러가는지도 모르게 바쁘게 지내는데, 문득 쓸쓸해서 많은 눈물을 속으로 삼켰다. 더는 버티지 못하겠다고 생각했을 때, 엄마와 언니가 있는 한국으로 오게 되었다. 오래 머물기 싫어했던 친정집이 제일 편하게 느껴지는 건, 아이를 나만큼 봐줄 수 있는 '엄마'라는 존재가 있기 때문이다. 물론 아직도 잠만은 꼭 엄마 옆에서 자야 하지만 아이의 일상을 나눠 가질 수 있는 또래 친구가 넘쳐나니 한결 육아가 수월해졌다. 이제 나의 '외로움'을 멀리 두고 바라볼 수 있는 여유도 생겼다. 아이와 떨어져 있다 만나면 얼마나 예쁜지 한참을 껴안고 있다.

8년 전 담당 편집자로서 만들었던 대니얼 불런의《사랑은 어떻게 예술이 되는가》는 국내 저작권 계약을 하기 전부터 좋아했던 책이다. 프롤로그 안의 문장이 자연스럽게 제목이 되었는데, 당시 손바닥에 생긴 혹 제거 수술을 하고 한 손으로 보도자료를 쓰면서도 힘들다는 생각이 들지 않았다. 책 속 연인들이 나눴던 문학적인 사랑, 독립적인 사랑, 지적인 사랑, 성스러운 사랑, 악마적인 사랑은 모두 명작이 되었다. 이 책의 기운을 본받아 여자이자 아내, 엄마이자 딸인 나를 글쓰기 속으로 집어넣어서 "외로움은 어떻게 돈이 되는가"를 연구해볼 생각이다. 자발적 외로움, 필연적 외로움, 견딜 수 없는 외로움, 견딜 만한 외로움 등 외로움은 종류도 무궁무진하다. 아마도 쓰는 동안 외로움은 더 이상 내 친구가 되지 않을 거라고 확신한다.

───────────────── 이 책에서 저 글로 가는 길

확실히 사랑에 미친 자들은 세상을 다르게 본다. 그들은 기존의 규칙을 싫어하고 현실에 안주하는 것을 경계한다. 우리

슬픔은 쓸수록 작아진다

는 그들이 남긴 작품과 말들을 수없이 소비하고 인용하면서도, 그들의 자유분방한 삶은 비난한다. 하지만 우리가 할 수 없는 한 가지는, 그들을 무시하는 것이다. 왜냐하면 그들이 세상을 바꿨기 때문이다. 그들은 사랑을 새롭게 정의하고, 불륜의 매력과 위험성에 대해 이야기한다. 그들은 사랑이 예술에 미친 영향을 인정한다. 어떤 이들은 그들을 보고 미쳤다고 하지만, 깨어 있는 자들은 그들을 천재로 본다. 새로운 사랑을 하며 자아를 탐색하고, 사랑으로 세상을 바꿀 수 있다고 믿는 미친 자들. 바로 그들이 실제로 지금의 자유로운 사랑의 시대를 열었다. 그러니 외로워 미칠 것 같았던 시절이 나의 글쓰기를 바꿔줄 것이라 믿을 수밖에!

# 내 책의 독자가 누구인가요

코로나 바이러스COVID-19가 만든 재택 근무, 사회적 거리 두기, 2주간 잠시 멈춤 등의 캠페인을 보고 있자니 지난 5년간 내가 집에서 했던 다양한 시간 보내기 비법들이 온라인에 쏟아져나오는 것 같아 재미있지만 안타깝다. 물론 큰맘 먹고 와 있는 한국에서 감염병 때문에 집에 갇혀 있자니 속상하다 못해 화가 난다. 화가 나고 속상해도 내 의지로 어쩔 수 없는 것은 받아들여야 심신이 편하다. 많은 사람이 경제적으로, 정신적으로 힘든 시기이니 그나마 집에서 '글만 쓰면' 그만인 나의 처지를 애써 다행이라 생각한다. 남편은 항상 나보고 쉬엄쉬엄하라고 말하는데, 쉬엄쉬엄하면 책은 절대 마무리될 수 없다. 무리한다고 싶을 정도로 몰두

슬픔은 쏠수록 작아진다

해야 가능한 일이다. 예전에 썼던 글을 다시 고치다 보면 시시각각 자괴감에 빠진다.

여기서 '글만 쓰면' 되는 마감 노동자로서 딜레마가 생긴다. 집에만 있으면 도통 새로운 생각이 떠오르지 않는다는 것이다. 마스크를 쓰고 걷거나 대중교통을 타고 어디라도 잠깐 나갔다 오면 금방 아이가 어린이집에서 돌아올 시간이 된다. '글만 쓰면' 되는 하루 스케줄에서 글을 쓰지 못하면 아이와 함께 보내는 오후 시간이 후회로 가득 차고 새벽에 이를 닦지 않고 잠드는 것처럼 찜찜한 기분을 지울 수 없다. 너무 오랫동안 혼자 작업했던 탓에 창작을 위해서라도 다양한 사람을 만나러 다녀야 하는데 가족 이외에 만날 수가 없다니! 코로나인지 코코넛인지 하는 바이러스 때문에 사람이 많은 곳은 가질 못하니 미술관이나 전시장 관람, 기분전환용 미팅 및 자료 조사를 위한 서점 탐방도 모두 할 수 없다. 어떤 상황이든 어떤 사람이든 단점보다는 장점을 먼저 찾는 슈퍼 긍정주의자인 나의 정체성이 흔들린다. 아, '글만 쓰면' 되는데 글이 잘 써지지 않는 것이 모두 집에 갇혀 있기 때문인 것만 같다.

긍정력을 발휘하여 집에서 작업하면 좋은 점을 적어본다. 먼저 비싼 커피와 디저트 값이 절약된다. 나갈 준비를 하지 않아도 되니 작업 시간도 벌 수 있다. 언제든 스트레칭하고 싶을 때 요가 매트에서 팔다리를 쭉쭉 펴가며 할 수 있다. 고양이를 키우던 시절엔 옆에 항상 고양이가 있어서 정서적으로 안정이 되었다. 모니터 하나를 더 두고 듀얼 모니터로 효율적인 편집 작업을 할 수 있다. 소리 내어 노래를 부를 수도(?) 있다. 그리고 결정적으로 화장실 출입이 자유롭다. 요즘같이 감염병이 도는 시절엔 전염될 위험도 없다! 나열하다 보면 더 많은 장점을 찾을 수 있을 것이다. 하지만 프리랜서 혹은 재택 근무자들은 반드시 하루에 한 번은 외출을 해야 한다고 강조하고 싶다. 안 그러면 능률은 오르지 않고 매너리즘에 빠지거나 그날이 그날이고 오늘이 어제 같고 내일은 오늘 같아진다. 스스로 변화를 주지 않으면 세상 속에 속해 있다는 느낌을 받지 못해서 우울해진다. 지적인 대화를 나누거나 잘 차려입고 예술 영화나 명화를 감상하면서 그날의 '예술지수'를 높여야 한다.

글만 쓰면 되는데 왜 그리 글쓰기를 방해하는 요소가 많

슬픔은 쏠수록 작아진다

은지 세상 모든 일이 쉽지 않다는 걸 알게 된다. 먼저 책을 여러 권 쓰다 보니 내가 '썼던 문장' 같은 문장들이 많아진다. (자기복제가 그렇게 무섭다……) 주제는 같은데 다른 말로 써야 된다는 부담감에 전작을 뒤지고 고민하다 보면 일주일이 우습게 흘러간다. 어쩌면 좋을까. 이럴 땐 편집자였던 내가 작가에게 격려하며 했던 말을 떠올린다. "선생님, 이 책을 과연 누가 읽을까요? 취업을 앞둔 초조한 학생이 읽을까요? 아침저녁으로 일하느라 바쁜 사회 초년생이 읽을까요? 아니면 전업주부가 아이들을 학교에 보내놓고 여유롭게 차 한잔하며 읽을까요? 제가 생각할 땐 가정에서도, 사회에서도 인정받지 못하고 자기 이름을 잊고 지내는 3040대 경력단절 여성들이 삶의 에너지를 얻으려고 읽을 것 같아요. 그들은 아마 선생님의 책을 읽고 마음의 위로만 받는 게 아니라 당장 고속터미널에 가서 집 안에 드릴 소품을 사거나 외국어 수강 신청을 할 것 같아요." 이 책을 누가 읽었으면 좋겠다,라고 타깃 독자를 정하고 글을 쓰는 게 가장 정확한 동기부여가 된다. 이때 타깃은 구체적일수록 좋다.


책을 읽고도 자기 의견을 정리하지 않으면 그 책은 영

영 내 것이 되지 못하니 독서가 글쓰기로 이어지도록 도와주는 책을 만들고 싶었는데 만들지 못했다. 그래서 내가 쓰기 시작했다. 이런 집필 동기는 곧 기획 의도가 되고 나중에 보도자료에 카피로 재활용될 것이다. 이 책을 읽고 바로 글을 쓰고 싶어진다면, 나는 할 일을 제대로 한 것이다. 아무리 바이러스가 우리의 일상을 정지시키더라도, 우리는 밥을 먹고 볼일을 보고 사랑하는 사람을 만나고 살아가야 한다. 자기복제라는 무서운 상대가 나를 위협해도 새로운 책을 읽고 삶의 재미를 새롭게 발견하면 바로 쓴다. 쓰지 않으면 먼지처럼 사라질 내 생각과 시간이 아까워 오늘도 쓴다. 다만, 이 책을 읽고 독자들도 글쓰기를 세안용품처럼 삶의 필수품으로 여겨줬으면 좋겠다. 일기와 공적인 글쓰기의 차이가 여기에 있다. 읽을 사람을 정해놓고 쓰는 글은 그 어떤 클렌징폼보다 깨끗하게 얼룩진 마음을 정리해준다. 특히 말싸움을 하고 난 뒤 못다 한 말 때문에 잠 못 이루는 사람이라면 말 잘하는 법을 다루는 책을 읽고 바로 자신만의 '반박리스트'를 써보는 것을 추천한다. 다음번에 더 잘 싸울 수 있는 내공을 길러줄 것이다. 슬픔과 분노는 글로 쓰면 쓸수록 줄어든다. 그리고 아무리 쓸쓸한 하루를 보냈어도

슬픔은 쓸수록 작아진다

쓰다 보면 그 하루도 쓸 만해진다.

———————————————— 이 책에서 저 글로 가는 길

미야자키 하야오의 《마녀배달부 키키》에는 사랑스러운 초보 마녀 키키가 나오는데 그녀가 직업적으로 고민을 풀어놓는 장면들이 모두 주옥 같다. 자유롭게 날아다니면 좋을 것 같다고 말하는 친구에게 키키는 "난 직업이라서 늘 재미있는 건 아니야"라고 답한다. 사실, 직업인데 늘 재미있으면 문제가 있는 거다. 직업이 되면 반드시 고민거리가 생기고 그 고민을 하는 동안 성장한다. 글을 쓸 때 괴로운 건, 제대로 쓰고 있다는 증거인지도 모른다.

# 보통 나는 곧바로 잠들려 하지 않았다

그녀의 하루는 아침 아홉 시에 시작된다. 그녀는 잠에서 깨면 '엄마'를 찾는다. '엄마'인 내가 차려주는 간단한 아침을 먹고 두세 시간을 놀고 점심을 먹고 낮잠을 잔다. 그녀가 잠들면 나는 빠르게 아침 겸 점심을 해결하고 설거지를 하고 밀린 집안일을 한 다음 식탁에 자리를 잡고 앉아 글쓰기나 편집 작업을 시작한다. 그녀의 낮잠 시간은 갈수록 짧아져서 낮에 작업을 오래 한다는 건 점점 불가능한 일이 되었다. 독서는 나에게 최고의 즐거움이었는데, 독서의 흐름이 자꾸 끊기다 보니 부담스러운 취미가 되어버렸다. 그래서 소비(독서)보다 생산(글쓰기)적인 일에 마음을 기대게 되었다. 이 책은 그렇게 하루아침에 시작된 육아로 인해 혼자만의 시간을 잃어버린 한 여성의 투쟁기이자 하루가 다르게 커 가는 아이에 대한 육아일기이자 읽지 못하면 슬프고 쓰지 못하면 아픈 작가일기이다.

직장을 그만둔 후부터 주중과 주말의 경계가 사라졌다. 뭐, 주말엔 남편이 집에 있다는 것만 빼고 토요일도 일요일도 일의 연속이다. 항상 일을 한다. 일을 하지 못할 때는 영화나 드라마를 틀어놓고 반복해 보고, 특별한 약속이 없는 한 외출도 하지 않고, 집에 손님이 오는 경우도 드물다. 그럼에도 나는 항상 시간에 쫓긴다. 책을 읽지 못하면 시달리던 불면증은 사라졌지만, 단 한 줄의 일기도 못 쓰고 잠들면 감정기복이 거의 없는 내가 비애감에 허덕인다. 이게 사는 건가 싶다. 아무리 힘든 순간에도 잠들기 전에 글 쓸 시간은 있었는데, 한 아이의 '엄마'는 여유로운 커피 타임, 즉흥적인 저녁, 의지대로 자는 잠 따위를 허락받지 못한다. 이 비애감을 산후우울증이라 명명할 수 있을까. 산후우울증에 빠지면 원인을 알 수 없는 막연한 불안감에 사로잡히거나 어딘지 모르게 몸 상태가 좋지 않아 항상 초조한 모습을 보인다고 하는데, 나는 글만 쓸 수 있으면 그런 우울감은 오래 가지 않왔다. 호르몬의 노예가 되는 건 임신 때만으로 충분했다.

내게 글은 곧 삶이었다. 하지만 삶이 곧 글이 되지는 않는다. 모든 사람들은 삶을 살아가지만 모두가 글을 쓰며 사는 것은 아니다. 책이라는 소울메이트를 만난 후 "슬픔을 자랑스럽게 두르고 다닐 수 있는 그런 부류의 여성"이 되었지만 내 글을 본격적으로 쓰면서 더는 슬픔만을 자양분으로 삼으면 안 된다는 걸 알게 되었다. 행복한 순간에 더 불안해하던 습관은 고쳤고 내 글은 점점 밤에만 머물러 있지 않았다. 밤은 언제나 내 글에 후한 점수를 주었지만, 낮이 없다면 밤이 매긴 점수는 무의미했다. 제대로 살았던 낮의 시간이 끝나면 곧바로 잠들지 않고 글을 썼다. 갑자기 삶이 무가치해지고 숨이 탁 막혀와 주저앉고 싶을 때마다 그 감정을 글로 써두었더니 그 감정들과 친해졌다. 아이를 낳고 나를 잃어버렸다고 생각했는데 오히려 글을 쓰며 사는 삶에 확신이 생겼다.

가장 힘들다고 생각했던 때 잠시 술에 기대였던 적도 있었다. 술에 취해 있었기 때문에, 환상이 현실이 되는 느낌으로 글을 썼다. 그때 내가 남겼던 수많은 메모들을 한 번도 책에 쓰지 못했다. 조각난 감정들은 인용하기 싫고, 당시에 환상적이라 여기고 즐겨 읽던 소설과 산문들이 이제는 술주정뱅이의 넋두리처럼 느껴진다. 물론 문학이라는 집에는 수백 개의 방들이 존재하고 각 방 주인들의 개성이 다 다르게 채워지는 게 당연하다고 배웠기에 어떤 이에게 그 책들은 여전히 읽을 가치가 있다. 단지 그녀의 '엄마'가 된 내가 들어가 쉬고 싶은 방이 변한 것뿐이다. 1964년 서울의 겨울을 노래한 김승옥이 있어 한없이 쓸쓸하고 고독한 20대를 사랑할 수 있었지만 지금 다시 그의 소설을 읽으면 심한 부끄러움을 느낀다. 단지 친구들보다 돈이 없어서 슬펐던 시절에 은희경의 《타인에게 말 걸기》 같은 소설을 읽으며 참 어리석게 사람들에게 차갑게 굴었다는 후회도 해본다.

이제 나는 "이렇게 운이 좋은 것에 감사한다. 금빛으로 빛나는 날이었다"라는 일기를 쓰며 행복한 시절을 보내던 한 평범한 여성이 어느 날 갑자기 아들이 열세 명이 사망하고 스물네 명이 부상당한 '콜럼바인 총기 사건'을 일으켜 최악의 엄마가 된 생생한 기록을 읽는 것이 더 좋다. 《나는 가해자의 엄마입니다》는 모유 수유를 하는 엄마가 읽기에는 비극적이고 유해할지도 모르지만 아이에게 젖을 주며 절대 아이의 우울을 내버려두지 않겠다고 다짐하는 좋은 계기를 제공했다. 너무나 끔찍해서 "어떻게 살아가세요?"라고 묻는 이들을 향해 뼈를 깎는 심정으로 써 내려갔을 가해자 엄마의 글을 읽을 때마다 아프지만 개인적으로 세상의 모든 부모가 이 책을 읽어봤으면 좋겠다. 이렇게 읽는 책도 달라졌으니 자연스럽게 내가 쓰는 글은 예전과 결을 달리할 수밖에 없다. 그러니 온전히 작가라는 자의식에만 사로잡혀 쓰던 글은 이제 내 것이 아니다. 아이 없는 삶을 상상할 수 없듯이 글쓰기 없는 삶 또한 내게 죽음과 같다는 것을 전보다 강하게 느낀다.

아무리 큰일을 겪은 이들도 결국에는 극복하고 일상으로 돌아간다. 비극은 이미 일어났고, 몇몇 사람들은 그 비극에서 자유롭지 못하지만 삶은 계속된다. 삶을 그냥 흘러가게 내버려두면 비극은 치유될 가능성을 잃는다. 십 년이 넘게 책을 만들면서 '치유'라는 말을 잊어본 적이 없다. 그만큼 글은 쓰는 이에게도, 읽는 이에게도 일상을 치유할 힘을

슬픔은 쏠수록 작아진다

준다. 여러 사람을 만나고 여러 곳을 다니려고 한국에 잠시 들렸지만 코로나 바이러스라는 악재를 만나 아무 곳에도 가지 못하고 매일 마스크를 쓰고 동네 카페로 출근하며 이 책을 마감했다. 집-카페-동네 마트가 지난 몇 달간 내 동선의 전부였지만 아쉽지는 않다. 그동안 써둔 글쓰기에 대한 원고가 쌓이고 쌓여서 골라내고 다듬고 재구성하면서 편집의 희열을 마음껏 맛보았다. 책을 읽는 것에서 끝나지 않고 자신만의 글로 이어지도록 여러 팁들도 꼭지마다 선물처럼 남겨두었다. 책을 쓰는 내내 내 옆에 있던 제임스 설터의 《쓰지 않으면 사라지는 것들》의 첫 장에는 다음과 같은 문장이 적혀 있다.

"만사가 꿈이라는 사실을 깨닫는 때가 오면, 오직 글쓰기로 보존된 것들만이 현실로 남아 있을 가능성을 갖는 것이다."

원제는 "아무것도 남기지 말자Don't Save Anything"이지만 번역된 제목은 "쓰지 않으면 사라지는 것들"이다. 제임스 설터의 부인 케이 엘드리지 설터가 그가 죽고 난 뒤 발견한 어마어마한 양의 메모와 초고들 중 최고의 글들만을 추려 이 책을 출간했다. 당장 집필에 써먹지 못하는 잡다한 메모들을 쌓아두면 안 된다고 충고했던 작가가 사실은 모든 글들을 모아놓고 있었다. 지나고 나면 만사가 꿈처럼 느껴지지만, 오직 글쓰기로 보존된 것들만이 현실로 남아 있다. 그래서 쓰지 않으면 사라지는 일상을 글로 남겨두어야 한다. 행복한 순간에는 글이 필요 없을 수도 있지만 슬플 때 글쓰기보다 좋은 처방전은 아직 발견하지 못했다. 스물에 환상에 헤매고, 서른에 성공을 꿈꾸다, 마흔에 가까워져서야 비로소 더 단단하게 나를 지키는 법을 찾았다. 미래의 일은 미래에 맡겨두고 현재는 우선 써두자. 나와 함께 나이를 먹은 독자들, 나를 낳아준 엄마, 내가 낳은 딸을 위한 글을 더 많이 쓰자. 세상의 모든 여성들이 놀라운 충격을 받은 후에도 담대하게 일상을 걸어갈 수 있도록. 이상하게 슬픔은 쓰면 쓸수록 작아졌다고…… 슬픔을 쓰는 것은 절대 유치한 일이 아니라고 말해주자.


글쓰기라는 감옥에 갇혀 행복에 겨워 지내며
조안나


슬픔은 쓸수록 작아진다

# 이 책과 함께한 책들

김윤나, 《말그릇》(카시오페아, 2017)

대니얼 불런, 《사랑은 어떻게 예술이 되는가》, 최다인 옮김(책읽는수요일, 2012)

도리스 레싱, 《19호실로 가다》, 김승욱 옮김(문예출판사, 2018)

로버트 마우어, 《아주 작은 반복의 힘》, 장원철 옮김(스몰빅라이프. 2016)

록산 게이·셰릴 스트레이드·닉 혼비, 《밥벌이로써의 글쓰기》, 만줄라 마틴 엮음, 정미화 옮김(북라이프, 2018)

마르그리트 뒤라스, 《물질적 삶》, 윤진 옮김(민음사, 2019)

마쓰이에 마사시, 《여름은 오래 그곳에 남아》, 김춘미 옮김(비채, 2016)

메이슨 커리, 《예술하는 습관》, 이미정 옮김(걷는나무, 2020)

무라카미 하루키, 《직업으로서의 소설가》, 양윤옥 옮김(현대문학, 2016)

박연준, 《밤은 길고, 괴롭습니다》(알마, 2018)

박완서, 〈나에게 소설은 무엇인가〉《우리 시대의 소설가 박완서를 찾아서》(웅진닷컴, 2002)

샌프란시스코 작가집단 그로토,《글쓰기 좋은 질문 642》, 라이언 박 옮김(큐리어스, 2013)

수 클리볼드,《나는 가해자의 엄마입니다》, 홍한별 옮김(반비, 2016)

슈테판 츠바이크,《위로하는 정신》, 안인희 옮김(유유, 2012)

스티븐 킹,《유혹하는 글쓰기》, 김진준 옮김(김영사, 2017)

아니 에르노·프레데리크 이브 자네,《칼 같은 글쓰기》, 최애영 옮김(문학동네, 2005)

안자이 미즈마루,《안자이 미즈마루-마음을 다해 대충 그린 그림》, 권남희 옮김(씨네21북스, 2015)

엘리자베스 스트라우트,《내 이름은 루시 바턴》, 정연희 옮김(문학동네, 2017)

우에노 치즈코,《느낌을 팝니다》, 나일등 옮김(마음산책, 2016)

은희경,《빛의 과거》(문학과지성사, 2019)

임경선,《엄마와 연애할 때》(마음산책, 2012)

장석주·박연준,《내 아침 인사 대신 읽어보오》(난다, 2017)

장수연,《처음부터 엄마는 아니었어》(어크로스, 2017)

정희진,《정희진처럼 읽기》(교양인, 2014)

제임스 미치너,《소설》, 윤희기 옮김(열린책들, 2009)

제임스 설터,《쓰지 않으면 사라지는 것들》, 최민우 옮김(마음산책, 2020)

슬픔은 쓸수록 작아진다

제임스 셜터, 《스포츠와 여가》, 김남주 옮김(마음산책, 2015)

줌파 라히리, 《내가 있는 곳》, 이승수 옮김(마음산책, 2019)

찰스 부코스키, 《글쓰기에 대하여》, 박현주 옮김(시공사, 2016)

타라 웨스트오버, 《배움의 발견》, 김희정 옮김(열린책들, 2020)

퍼트리샤 하이스미스, 《캐롤》, 김미정 옮김(그책, 2016)

피터 스완슨, 《죽여 마땅한 사람들》, 노진선 옮김(푸른숲, 2016)

하정우, 《걷는 사람, 하정우》(문학동네, 2018)

호프 자런, 《랩 걸》, 김희정 옮김(알마, 2017)

## 슬픔은 쓸수록 작아진다

**초판 1쇄 인쇄** 2020년 6월 5일
**초판 1쇄 발행** 2020년 6월 12일

**지은이** 조안나
**펴낸이** 임현석
**디자인** 데시그

**펴낸곳** 지금이책
**주소** 경기도 고양시 일산서구 킨텍스로 410
**전화** 070-8229-3755
**팩스** 0303-3130-3753
**이메일** now_book@naver.com
**홈페이지** jigeumichaek.com
**등록** 제2015-000174호

ISBN 979-11-88554-36-2 (03810)

이 도서의 국립중앙도서관 출판예정도서목록(CIP)은 서지정보유통지원시스템 홈페이지(http://seoji.nl.go.kr)와 국가자료종합목록 구축시스템(http://kolis-net.nl.go.kr)에서 이용하실 수 있습니다.(CIP제어번호 : CIP2020019141)